TRAVERSÉE DES ALPES EN CHEMIN DE FER

AVANT-PROPOS

SUR L'ÉTABLISSEMENT D'UNE VOIE DIRECTE

CONSIDÉRATIONS SUR LES DIVERS PASSAGES

PAR

MM. P. J. MORSAZ ET C. CAPPIER

Prix : 2 francs

PARIS

LIBRAIRIE SCIENTIFIQUE, INDUSTRIELLE ET AGRICOLE

EUGÈNE LACROIX, ÉDITEUR

LIBRAIRE DE LA SOCIÉTÉ DES INGÉNIEURS CIVILS

15, QUAI MALAQUAIS, 15

1862

FRANCE — ITALIE

V.

36897

PARIS. — IMP. SIMON RAÇON ET COMP, RUE D'ERFURT 1.

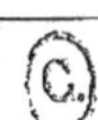

FRANCE-ITALIE

DE LA

TRAVERSÉE DES ALPES EN CHEMIN DE FER

AVANT-PROPOS

SUR L'ÉTABLISSEMENT D'UNE VOIE DIRECTE

CONSIDÉRATIONS SUR LES DIVERS PASSAGES

PAR

MM. P. J. DORSAZ ET G. CAPTIER

PARIS

LIBRAIRIE SCIENTIFIQUE, INDUSTRIELLE ET AGRICOLE

EUGÈNE LACROIX, ÉDITEUR

LIBRAIRE DE LA SOCIÉTÉ DES INGÉNIEURS CIVILS

15, QUAI MALAQUAIS, 15

AOUT 1862

PRÉFACE

Il est dans notre pensée que les grandes et sérieuses questions où s'agitent des intérêts puissants,
où sont en cause des considérations supérieures,
imposent à toutes les opinions le devoir de se pro-
noncer à leur égard. Nous croyons que, des projets
d'une importance première étant soumis à la discussion, chacun doit y apporter, pour en hâter la solution et la diriger vers la vérité, sa part d'efforts, de
travail et de lumières. C'est dans cette idée que nous
avons entrepris cette étude.

Notre dessein, dans les lignes qui suivent et forment cet avant-propos, n'est pas de présenter la
question approfondie et complétement élaborée. Nous
ne voulons pour le moment qu'esquisser, dans un
rapide sommaire, la situation dans laquelle elle se
débat aujourd'hui, les précédentes phases qu'elle a

subies, et exposer succinctement, dans ses termes généraux, la solution que nous avons à proposer pour la résoudre d'une manière conforme, sous tous les rapports, à tous les intérêts ; nous réservant, s'il y a lieu à une époque plus éloignée, de développer au point de vue particulièrement technique, dans toute son étendue et dans tous ses détails, l'idée que nous émettons ; nous proposant, s'il arrive à en être besoin, d'examiner dans toutes ses parties la mise à exécution du projet auquel elle pourra donner lieu.

Pour l'un de nous, né en Suisse et activement mêlé depuis trente ans au grand mouvement de travaux qui se produit partout, il existait par ces circonstances et dans ces conditions exceptionnelles par rapport au sujet, outre l'intérêt général qu'elle doit inspirer par sa nature même, un attrait spécial dans l'étude de cette grande question, et, en la traitant, l'espérance fondée de pouvoir arriver à un résultat satisfaisant.

Paris, août 1862.

DE LA

TRAVERSÉE DES ALPES

EN CHEMIN DE FER

INTRODUCTION

Par des causes multiples qui, dans leur généralité, sont connues et appréciées de tous, l'Italie, depuis le commencement de ce siècle, n'avait suivi que de loin, avec lenteur, le mouvement qui entraînait si rapidement autour d'elle les nations qui l'avoisinent. Jusqu'à une époque peu éloignée, aucun grand travail ne s'y était produit, et la force expansive de l'activité commerciale et industrielle des pays étrangers, ne s'y voyant appelée par aucun intérêt direct et puissant, ne sentait pas dès lors la nécessité de liaisons plus étroites, de rapports plus fréquents, et, par suite, de voies de communication autres que celles qui avaient servi et suffi jusque-là. Elle ne cherchait pas à faire entrer dans sa sphère un pays où tout encore était à créer, et dont les habitants eux-mêmes, sur leur propre sol, n'avaient pas fait leur œuvre.

A cette principale raison de l'isolement relatif où se trouvait placée la Péninsule se joint la considération des obstacles imposants que présentent les Alpes, qui, par une courbe irrégulièrement elliptique, la séparent, au nord, du reste du continent européen. Devant la grandeur des difficultés qu'elles opposent à une telle entreprise, pour chercher fortement à franchir les hauteurs de cette chaîne qui leur sont un point forcé du passage en Italie, il fallait aux nations du Nord trouver, en elles-mêmes et dans la situation qu'offrait le pays, des causes de premier ordre. Il leur fallait l'espérance de rencontrer la satisfaction des intérêts qui sont le stimulant de ces travaux, la certitude de répondre à une nécessité ou tout au moins de provoquer un soulèvement fécond, et d'être promptement indemnisées, par le produit et le rapport de ces voies de communication, des énormes dépenses auxquelles il est de toute évidence qu'elles doivent donner lieu. Jusqu'aux grands événements que ces derniers temps ont vu s'accomplir, l'Italie, dominée par les orages politiques, se trouvait dans un état assez précaire. Seul, un avenir, difficile à prévoir pour le plus grand nombre, pouvait donner quelque fondement à des projets; mais on édifie avec peine sur des probabilités aussi vagues.

Aujourd'hui les choses sont changées. Placé dans une situation toute différente, sous l'empire du besoin pressant, profondément senti, d'une régénération complète, d'une existence plus large et plus active, d'un sérieux emploi de toutes ses forces et de toutes ses facultés qui le mette au niveau général, le peuple italien, soutenu, guidé par de hautes initiatives, se lance dans une voie nouvelle. Poussé par le souffle irrésistible qui s'élève de l'immense accord de désirs et de volontés identiques, il commence, des Alpes à la Sicile, l'ère d'un développement puissant. De ce travail laborieux et pénible il surgira dans un temps peu éloigné, que chaque jour dégage et éclaire, un vaste foyer de mouvement, d'opérations, d'intérêts qui, par l'action particulière aux centres, rayonnera au dehors et attirera à lui les intérêts qui l'entourent.

Les moyens de cette création, les bases de cet avenir, vers lequel l'Italie s'élance avec une si généreuse et si unanime ardeur, existent dans l'essor soutenu et réfléchi, dans la marche continuellement ascendante des esprits et des idées vers la réalisation des questions pratiques d'économie, voie productive de l'industrie et du commerce qui, seuls, peuvent donner à chacun le bien-être et l'aisance, sources et garanties de l'indépendance et de la force de tous, de la grandeur et de la prospérité de la nation. Ils existent aussi dans les richesses naturelles et variées d'un sol extrêmement fertile et peu exploité jusqu'ici, fonds intarissable qui renferme les rudiments nombreux d'une magnifique éclosion agricole et manufacturière que des intelligences plus instruites mettront habilement à profit et augmenteront de jour en jour.

D'un côté, la matière abondante et vierge; de l'autre, la force vive qui la met en œuvre enfin libre et maîtresse d'elle-même, débarrassée des entraves qui la gênaient, impatiente et surexcitée par la situation, pénétrée du devoir de ne pas perdre davantage un temps précieux. Avec de tels éléments en présence, il est impossible que rien de grand et de fort ne se produise.

Quelle que soit l'issue du conflit qui subsiste encore, ce but civilisateur de renaissance, de rénovation matérielle sera inévitablement, nécessairement atteint. Le temps démontre et confirme à chaque pas cette vérité, en faits plus forts que toutes les déductions, plus éloquents que tous les plaidoyers. La preuve irrécusable ne s'en trouve-t-elle pas dans cet invariable ensemble avec lequel, au milieu de leurs divergences d'opinions sur d'autres points, de leurs dissentiments, de leurs discussions, les représentants, les sommités de la nation accueillent, d'urgence, tout ce qui, de près ou de loin, touche à la prospérité commerciale ou industrielle du pays, contribue à son développement et l'entraîne dans la voie d'activité qu'on appelle le progrès?

L'état auquel est arrivé le réseau italien ne présente-t-il pas encore aux esprits les plus timides un argument éclatant d'évidence? C'est là, en effet, mieux que partout ailleurs, dans l'aspect des lignes qui, reliant les divers points d'un pays, centres principaux et masses isolées, font circuler sur leur parcours le travail intellectuel; dans ces artères de la vie et des communications intérieures, que provoquent d'abord le besoin d'expansion, l'abondance d'énergie et de vitalité pour être ensuite excités et augmentés par elles, que se trouve la plus fidèle expression de tout mouvement.

Sans comprendre les voies lombardes, qui sont l'œuvre de la politique et de la stratégie autrichiennes et non celle du pays lui-même, le bilan des chemins de fer de la Péninsule s'offre à ce moment dans la situation suivante, qui va toujours s'accroissant de projets en projets, de concessions en concessions :

En Piémont, par des lignes différentes que Turin commande, la vapeur lie cette capitale à Coni, à Pignerol, à Suse, à Ivrée, à Novare, à Biella, à Alexandrie. Alexandrie rayonne sur Casal, Verceil, Novare et Milan, sur Mortara jusqu'à Arona, sur Acqui, sur Novi et sur Gênes, qu'elle joint à Turin; en dernier lieu sur Bologne par Tortona, Voghera, Plaisance, Parme, Reggio et Modène. Dans l'ancien duché de Toscane, Florence dirige ses lignes sur Pistoia, Lucques et Pise, sur Empoli et Pise, celle-ci communique avec Livourne, Empoli avec Sienne. Rome est jointe à Civita-Vecchia, Naples à Caserta. Une ligne de Rome à Naples, finie jusqu'à Ceprano, une autre, de Verceil à Mortara, sont en cours d'exécution ; la compagnie Bastoggi, qui vient d'obtenir la concession des chemins de fer Napolitains et Lombards, ouvrira prochainement ses chantiers. De plus, l'ex-royaume de Naples est étudié et parcouru en détail.

En résumé, 500 kilomètres environ sont achevés, 360 concédés. Comme corollaire : sur les côtes, dans les ports, des quais, des bassins, des entrepôts, des arsenaux, se construisent. Ces résultats, atteints en quelques années pleines de tiraillements, constituent, ce nous semble, dans de pareilles conditions, le témoignage le plus manifeste et donnent la plus grande espérance du développement auquel peut arriver cette force latente qui agit ainsi au milieu des obstacles, alors qu'elle aura pour elle l'ordre et le calme complétement rétablis, qu'elle sera secondée par le concours actif des relations extérieures.

Devant un tel état de choses l'inaction est impossible ; ce serait ineptie aux États du Nord, qui tous, outre la solidarité générale qui leur fait une question commune de leurs développements respectifs et mutuels, ont à se préoccuper du travail de l'Italie.

Celle-ci, en effet, touchant par ses racines continentales à l'Autriche, à l'Allemagne, à la Suisse, à la France, et par cette dernière à l'Angleterre et aux Pays-Bas, par ses extrémités aux contrées méridionales, se trouve en contact avec les pays où le commerce et l'industrie, où la fortune publique, sont le plus prospères. L'entre-

prise féconde du percement de l'isthme de Suez, qui
ouvre tout un monde et déplace la direction des rapports établis, amène encore pour elle d'incalculables
suites, en la posant comme une des grandes routes de
l'Europe occidentale vers l'Orient. Route nécessaire,
en dehors de l'avantage commercial immédiat dont
l'évidence est frappante, à une époque où tous les yeux
sont tournés vers ces régions où lentement les nations
se portent et du côté desquelles elles semblent suivre,
par des voies différentes, une impulsion commune,
dont les pronostics, qui se dessinent aujourd'hui avec
une netteté de plus en plus grande, faisaient dire, il y
a une vingtaine d'années, à un éminent économiste[1] :
« Et pourquoi, en effet, cette mission lointaine à la-
« quelle notre époque aspire, sans s'en rendre bien
« compte encore, ne consisterait-elle pas à aller se-
« couer la léthargie des Orientaux et à leur restituer
« au centuple les bienfaits de la civilisation qui de
« chez eux est venue dans nos contrées? » Pour tout
le nord-ouest de l'Europe, le passage par l'Italie et
par suite la traversée des Alpes est le corollaire obligé,
logique, du percement de l'isthme de Suez. Ces deux
voies se commandent et s'enchaînent.

La péninsule italique devient par cette position un
lieu vers lequel convergent et affluent tous les intérêts
étrangers. C'est par elle seule qu'ils peuvent se diriger

[1] M. Michel Chevalier, *Intérêts matériels*.

vers Otrante, vers Trieste, Andrinople, Odessa, et, sur les rives du Bosphore, s'avancer jusqu'aux portes de l'Asie.

En présence d'une telle situation, d'un si splendide avenir, lointain, il est vrai, mais auquel on doit avoir foi, en voyant de tous côtés la génération actuelle y travailler de toutes ses forces, il est d'une logique simple et rigoureuse de penser que tous ces intérêts, entendus dans leur sens vrai, doivent venir, d'accord avec la nature elle-même, se réunir à ce centre rayonnant, à ce foyer d'une vie nouvelle. L'avantage de toutes les nations, et, par suite, le devoir de tous les gouvernements leur commande donc de stimuler, d'aider ce mouvement italien qui, par les conditions dans lesquelles il se fait, les proportions qu'il prend, les conséquences qu'il force et qu'il entraîne, doit leur être une mine abondante où ils puiseront, en y mêlant leurs forces, un redoublement de richesses et d'activité.

Le moyen le plus rationnel, le plus simple, le plus efficace, et, en ce qu'il touche à chacune des parties intéressées, le meilleur aussi pour arriver à ce résultat, est de s'unir au travail, d'en prendre sa part au moyen de voies de communications internationales qui, mieux encore que les capitaux apportés dans les entreprises locales, associent et mélangent, sans les confondre, les intérêts qu'elles servent. C'est là l'œuvre première qui doit précéder forcément et naturellement,

être le commencement et le principe de toutes les autres.
Cette vérité est bien comprise au sud des Alpes ; la
question où elle est en cause occupe beaucoup d'esprits
qui en recherchent activement la solution pour arriver
à une prompte réalisation.

A Ivrée, Arona, Como, points extrêmes des lignes
italiennes au Nord, l'Occident entier est directement
appelé, mais surtout et spécialement quelques États
qui, par diverses raisons d'existence politique, de situation géographique, y sont plus particulièrement
et plus fortement engagés. Ce sont l'Autriche, l'Allemagne, la Suisse et la France, contrées limitrophes,
vastes centres de production qui commandent les relations dans tous les autres pays situés plus au nord.

Se fondant sur l'intérêt, semblable à l'importance
près, qui amène ces quatre puissances dans la Péninsule, quelques esprits, devant les dépenses considérables que nécessitera l'établissement d'une voie internationale, les obstacles qu'en rencontrera l'exécution
dans les conditions particulières que lui créent la hauteur des passages, la configuration du terrain, le cli-
mat ; en présence de la difficulté de trouver la solution
la meilleure et la plus vraie, ont voulu faire de cette
entreprise une œuvre commune. L'un d'eux [1], en di-
sant que les intérêts en jeu dans cette question sont
exclusivement ceux « de la ligne de plus courte dis-

[1] M. le colonel fédéral Barman, *Simplon, Saint-Gothard et Lukmanier.*

« tance pour la plus grande somme de relations entre
« l'Europe industrielle et l'Orient, » en posant Milan
comme « le point de passage obligé du trafic de l'Eu-
« rope avec Gênes, Venise, » semble réunir en une
seule ligne le faisceau, lié à un point à trouver au
nord des Alpes, de toutes les voies qui du nord se diri-
geront vers l'Italie.

Cette manière d'envisager la question et le moyen
de la résoudre qui en est la conséquence nous parais-
sent se trouver hors des termes dans lesquels elle doit
être circonscrite et considérée. En effet, les assertions
produites dans ce sens ont d'abord contre elles des
obstacles de l'ordre politique. Pour le présent, dans les
conflits à craindre de l'inévitable complication résultant
d'une telle association où seraient en jeu des rivalités,
des amours-propres et des influences contraires, dont
l'effet probable ne serait autre que de se contrarier,
de se nuire, d'engendrer entraves sur entraves. Pour
l'avenir, dans des éventualités possibles auxquelles il
faut toujours et nécessairement penser, qu'il est délicat
de préciser, mais qui seraient de nature à gêner ou
même à empêcher absolument la libre circulation sur
une voie unique. Peut-être arrivera-t-il un temps où
rien de cela ne sera à redouter, où, sous la sauvegarde
d'intérêts communs, de lois universelles, ces fusions
seront praticables. Nous le croyons et l'espérons; mais le
progrès, la civilisation, n'en sont pas encore arrivés là.
La nécessité de réduire à leur plus rationnelle expres-

sion, à leur plus grande simplification, les éléments
des relations internationales, reste dans toute sa force
et dans toute son intégrité. Nous ne prétendons pas re-
pousser toute idée de communauté ; loin de là : nous
voulons seulement dire qu'il est une erreur d'en faire
une condition *sine quâ non*.

Les raisons qui rendent si souvent mauvaises et in-
suffisantes ces combinaisons de moyen terme entre des
parties si nombreuses, et ici si dissemblables, viennent
militer encore dans le même sens. Contrainte à lou-
voyer entre tous les intérêts pour les servir tous, à mé-
nager les uns et les autres, une solution de cette nature, à laquelle il est impossible de tenir une balance
égale entre tous les contractants, soulève d'orageux et
interminables différends qui atermoient, traînent,
prolongent les choses, finissent par tendre la situation,
fatiguer les esprits et lasser l'attention. Dans son but,
dans son désir de tout concilier, de tout réunir, ne s'at-
tachant à aucun exclusivement, elle ne satisfait rien
complétement ; elle est par cela même vis-à-vis de tous
frappée d'impuissance. Elle n'offre de plus, au point
de vue spécial du travail, aucun avantage, les quelques
passages convenables et possibles se trouvant tous to-
pographiquement accessibles dans les mêmes conditions. Nous croyons donc qu'il est infiniment meilleur,
dans cette question, de laisser les intérêts qui y sont
engagés suivre la voie qui leur est propre et particulièrement avantageuse ; tous, au foyer même vers lequel

ils convergent, devant se réunir en une action commune, d'autant plus énergique et plus féconde que les forces dont elle sera composée proviendront de courants plus abondants en ce qu'ils auront été plus libres, moins assujettis et moins forcés dans leurs directions.

Laissant donc à chacun sa tâche, nous ne nous proposerons de traiter le sujet de la traversée des Alpes qu'au point de vue exclusif des relations franco-italiennes.

A ce titre, nous n'avons pas à nous occuper des intérêts autrichiens, qui n'ont avec les nôtres dans la Péninsule qu'une correspondance indirecte et lointaine. Sous le rapport technique de l'établissement des voies de communication, leur direction n'offre rien de particulier, en ce qu'elle trouve un chemin tout tracé, une solution facile dans l'heureuse conformation d'un sol qui, par le décroissement graduel des cimes alpestres vers l'Adriatique, la largeur des vallées et la douce inclinaison des versants qui meurent en Lombardie, semble leur avoir ménagé l'accès. Ces avantages, qu'elle seule possède, n'ont d'ailleurs pas été négligés par l'Autriche. Venise reliée à Vienne par Trévise, Udine, Laybach, Gratz, communique avec Milan par Padoue, Vicence, Vérone, Brescia et Bergame; Vérone joint au nord Botzen, au sud Mantoue.

La pensée d'économie et de finance, plutôt que de grande fusion, qui projetait un passage commun aux

contrées du Nord, avait plus particulièrement en vue
l'Allemagne, la France et la Suisse, dont la liaison devait avoir lieu à Bâle pour se diriger par les montagnes du Simplon, du Saint-Gothard, de l'Albrun, des
deux Lukmaniers, du Bernardino ou du Splugen, sur
Milan. Les considérations générales que nous avons
effleurées reçoivent ici une application immédiate. Les
deux premières et plus importantes contrées sont, en
outre, assez riches pour créer de leurs capitaux, assez
fortes pour alimenter de leurs industries propres,
chacune un courant commercial.

Par ce qui existe et les efforts qu'elle fait, l'Allemagne prouve bien qu'elle pense peu à une fusion et
n'en voit aucunement le besoin, qu'elle songe à faire
ses affaires elle-même et seule. Nous voyons, en effet,
de ce pays, se diriger vers l'Italie une ligne qui de
Stuttgard, Carlsruhe, Hombourg et tout le nord de la
confédération, passe à Bâle, Aarau, et de ce dernier
point se divise en plusieurs branches qui, aboutissant
à Berne, Lucerne, Coire, embrassent tous les passages
possibles et peuvent précéder toutes les solutions. La
Bavière, de Munich par Inspruck et Brenner ou par
Kempten, Bregenz et Glaris, suit la même direction.

L'exemple de ces intérêts principaux que nous
voyons séparément à l'œuvre agir *motu proprio* est
une grande et nouvelle incitation pour la France, qui,
malgré le percement du mont Cenis, dont nous aurons
à parler, et peut-être même à cause de cela, est de tou-

tes les nations relativement la moins avancée sous ce rapport : relativement, car la comparaison des différents éléments qui forment la situation morale, politique et matérielle des États constitue entre la France et les autres nations, à égalité d'initiative, une infériorité devant l'Italie, eu égard aux conditions dans lesquelles elle se trouve vis-à-vis de ce pays. Or cette égalité même est loin d'exister.

Il y a cependant, en dehors du point de vue auquel nous nous sommes précédemment placés et qui est général, pour la France en particulier d'autres considérations qui militent dans le sens de la conclusion que nous en avons tirée. Sans parler des événements qui lui font un point d'honneur de continuer dans la paix la tâche si noblement et si glorieusement commencée par la guerre, qui lui créent des engagements moraux auxquels elle doit satisfaire; il est des raisons d'un ordre moins spéculatif, dont l'étude complète serait hors de notre cadre, qui, avec non moins d'énergie, réclament ces voies de communication devenues nécessaires. L'exposé s'en trouve en chiffres plus que significatifs, convaincants, dans les documents publiés par les douanes piémontaise, française et suisse. En compulsant ces tableaux du mouvement commercial mutuel des trois puissances, en additionnant les sommes fournies par l'importation, l'exportation, le transit des marchandises (soies, étoffes, paille, céréales, marbres, peaux, fruits, poteries,

vins, métaux, etc., etc.), on trouvait, il y a quatre ans,
un total de plusieurs centaines de millions. En considé-
rant ce résultat, on doit se dire qu'il ne représente la
situation que de la partie des transactions et du né-
goce qui se fait exclusivement par les Alpes suisses ;
que le trafic par mer n'y entre pour rien, et que par la
nature des choses et des communications actuelles,
qui comportent inévitablement des irrégularités, des
inexactitudes, des interruptions forcées, momenta-
nées, cette situation ne peut être que très-inférieure à
ce qui existe en réalité ; qu'elle s'accroîtra, en outre,
pour certaines marchandises, d'une partie du commerce
par mer, aujourd'hui forcé sous bien des rapports. Dans
l'Italie méridionale, malgré l'état d'agitation, de souffrance qui se voit partout, il est constaté que, depuis
près de deux ans, la prospérité des affaires s'est accrue
d'un quart sur le mouvement comparatif des années
précédentes. Ce fait est d'une incontestable portée.
Puis, c'est en grande partie sous l'influence, sous
l'impulsion de noms, de compagnies françaises que
s'opère le mouvement commercial italien, que s'exé-
cutent les travaux ; la nation, dans ses membres, y a
des intérêts immédiats, les individus y sont directement engagés.

Si donc, d'un côté, le passé oblige, de l'autre, l'avantage évident, d'accord avec les sympathies politiques,
commande à plus d'un titre.

Il y a plus encore, non-seulement pour elle-même et

pour l'Italie, la France doit aspirer à une solution et la rechercher activement, mais il lui faut aussi la réaliser le plus promptement possible. Car, ainsi que cela est relaté dans le rapport présenté au roi d'Italie par le Ministre des Travaux publics pendant l'année 1860, si la pensée de joindre le commerce de l'Europe centrale avec l'Italie est née en même temps que se sont produits les premiers projets de chemin de fer de la Péninsule; si, en 1844, des pourparlers étaient entamés à ce sujet, et, vers 1849 ou 1850, des explorations et des études commencées; si, de plus, dans le rapport fait à propos de ces dernières, non pas l'opportunité seule, mais encore la nécessité de voies de communications régulières, rapides et sûres entre la France et l'Italie, par la Suisse et le Piémont, était reconnue et établie, on doit, à moins de dénier aux hommes d'État, aux économistes éminents qui se sont occupés de cette question, l'intelligence de la situation, en conclure qu'aujourd'hui il y a urgence. Le temps a marché, et les événements accumulés ont précipité l'époque. La renaissance italienne n'est pas encore complétement faite, rien n'est assez avancé au Sud pour qu'il puisse y avoir retard au Nord des Alpes. L'instant est propice, mais il n'est que juste pour ouvrir les passages en Italie qui, commencés maintenant, se trouveront établis au moment où tous les intérêts en auront directement et immédiatement besoin, alors que les lignes principales du réseau seront achevées, que le perce-

ment du canal de Suez sera terminé. Toutes les communications entre le Nord et le Midi, se trouvant à
cette époque ouvertes en même temps, arrivant à l'exploitation avec un ensemble parfait, présentant un
enchaînement rapide et non interrompu, offriront un
grand et beau spectacle, donneront lieu à une superbe
manifestation, à un magnifique éclat de forces et d'activité. La situation, aujourd'hui négligée, deviendrait
plus tard trop tendue, pénible, insuffisante; elle serait
forcée et demanderait, pour être mise à même de faire
face aux exigences qui la presseraient de toutes parts,
des sacrifices nombreux et considérables qui n'évite-
raient pas encore des longueurs, une attente oné-
reuse, et la perte d'un temps précieux, dont seraient
reculés d'autant l'accroissement des richesses et du
bien-être pour tous, l'avenir de l'industrie et l'union.
La solution la plus prompte sera donc la meilleure,
c'est celle dont l'adoption doit dominer.

L'indication rapide de ces considérations, qu'il y
aurait presque matière à développer en des volumes,
et qui sont d'une telle évidence qu'elles peuvent devenir banales, nous a semblé nécessaire à cause de
l'espèce d'indifférence et de froideur que l'opinion
semble porter, bien à tort, parmi nous à cette grave
question, soit qu'elle n'en connaisse pas l'importance
et l'étendue, ou que son attention se concentre unique-
ment sur l'état politique du pays et ne lui permette
pas d'apprécier la situation économique, d'embrasser

l'ensemble complet dans toutes ses parties solidaires. Ce fait constitue une regrettable erreur sur laquelle doivent revenir les esprits sérieux et intelligents, par une étude plus large et plus approfondie.

DESCRIPTION

Tous les pays qui entourent l'Italie ayant leur réseau de chemins de fer dans un état plus ou moins avancé, mais partout en bonne voie de formation, la question de leur liaison avec celle-ci doit s'agiter principalement sur leurs frontières, vers les points de leur territoire les plus rapprochés des centres italiens qu'ils doivent avoir en perspective. Mais, quelles que soient les routes qu'affectent ces liaisons, les obstacles vraiment imposants et sérieux se réunissent pour toutes dans l'amas énorme de masses granitiques et calcaires, couronné de neiges éternelles, profondément sillonné en de gigantesques déchirures, qui forme les Alpes. C'est là le nœud difficile que toutes doivent trancher ou délier forcément, c'est là que doivent spécialement se porter, se concentrer l'étude, l'attention et les recherches.

Par la configuration du terrain, par la nature du sol, les pays de hautes montagnes ne peuvent être traversés dans tous les sens; ils présentent des difficultés telles, que jusqu'ici l'homme doit s'incliner, impuissant, et faire plier ses convenances aux lois de la nature, aux moyens qu'elle veut bien lui fournir. Ces moyens, il les trouve dans l'épanouissement des vallées qui, de la plaine, remontent vers les hauteurs, et sont les voies les plus simples, les plus rationnelles, les seules à peu près qui en rendent l'accès possible. L'établissement d'un chemin de fer étant soumis à des inclinaisons particulières, à des développements étendus et limités au minimum, nécessite le passage par les vallées principales qui sont les plus larges, les plus douces de pente et celles qui donnent, par elles-mêmes ou leurs affluentes, les moyens des plus faciles développements jusqu'au point fixé pour la traversée directe de faîtes. C'est alors là, dans le passage d'un versant à l'autre, que se trouve le centre de la difficulté; mais il n'est qu'un trait d'union, après cela il faut encore arriver au plat pays. Les conditions de la descente des hauteurs dans la plaine étant les mêmes que celles de l'accès, appliquées en sens inverse, ses moyens doivent être identiques : il faut que de l'autre côté de la chaîne de partage le tracé trouve aussi la possibilité des développements qui lui sont nécessaires. C'est cette condition qui limite tellement le nombre des passages, et qui fait qu'il est souvent impossible d'employer les cols les moins élevés qui sembleraient par cela les plus avantageux. Cette particularité se présente sur plusieurs points dans le passage du Simplon. Un coup d'œil général sur l'ensemble du système alpestre montre la corrélation, l'enchaînement de toutes ces vallées, de toutes ces hauteurs, et fait apercevoir, dans la solidarité des rameaux, en apparence incohérents, qui le composent, les issues possibles et favorables.

La chaîne non interrompue des faîtes, ce qu'on pourrait appeler l'échine sinueuse des Alpes, part de la Méditerranée, à Savone, remonte en courbe vers le nord, puis, courant de l'ouest à l'est, forme autour de l'Italie les bords extrêmes des bassins de la mer Tyrrhénienne et de l'Adriatique. Les limites qui circonscrivent les différentes directions des intérêts du Nord s'étendent dans la partie de la chaîne qui va du golfe de Gênes au mont Blanc et de ce dernier au Monte-Cassino, dans les Alpes Rhétiques. Elle comprend : les Alpes Maritimes, Cottiennes, Graies, Pennines, Lépontines, et une partie des Alpes Rhétiques. Une seule chaîne secondaire se détache de cette ligne principale, elle est formée des Alpes Bernoises et des monts Diablerets, des Alpes du Jorat et du Jura, qui partent du Saint-Gothard et s'étendent, au nord, sur la Suisse.

La partie de ce système qui court du sud au nord, du golfe de Gênes au mont Blanc, se continue jusqu'aux bords du lac Léman, à Saint-Gingolph. Elle sépare dans toute sa longueur, en France, les départements des

Hautes-Alpes, de la Savoie et de la Haute-Savoie du
Piémont, en Italie, et du Valais, en Suisse. L'autre partie, qui se dirige de l'ouest à l'est, presque perpendicu-
lairement à la première, sépare le Piémont et la Lombardie des cantons du Valais, d'Uri, du Tessin et du
pays des Grisons. La Confédération suisse, occupant
ainsi le versant occidental dans la partie dont l'étendue
est la plus considérable, réunit et centralise sur son
territoire la majorité des lieux de passage et la plus
grande partie des directions que doivent prendre les
relations des États situés au nord.

De l'ensemble européen du système des Alpes, l'agglomération centrale qui couvre la Suisse peut être
divisée en quatre zones principales qui comprennent
leurs différentes ramifications, et, avec les vallées qui
les sillonnent, les divers groupes de leurs directions
générales.

La première, située au sud, est formée du canton du
Valais tout entier, le seul qui touche à l'Italie et à la
France; elle renferme la vallée du Rhône, dont le parcours va d'abord de l'est à l'ouest, du Saint-Gothard au
mont Blanc, d'Oberwald à Martigny, et tourne ensuite,
par un coude brusque, du sud au nord, de Martigny
au lac de Genève. Les points extrêmes de ce parcours
ont pour correspondants, en Italie, de l'autre côté de la
chaîne qu'ils enferment ainsi dans un quadrilatère,
Domo d'Ossola et Aoste. Aux vallées perpendiculaires
qui montent du thalweg du Rhône vers les cimes, ré-

pondent les vallées principales de la Doire Baltée, de la Sesia et de la Toccia, qui descendent des hauteurs dans les plaines d'Italie.

La seconde zone comprend les cantons de Vaud, de Neufchâtel, de Berne, de Fribourg, de Soleure et de Bâle, qui forment la moitié ouest de la Confédération. Elle confine à la France et à l'Allemagne par le duché de Bade; elle renferme les vallées de la Sarine et de l'Aar. La première rejoint la vallée du Rhône à son embouchure, le Grimsel sépare celle-ci de la seconde à leur origine, aux sources des cours d'eau qui les arrosent.

La troisième zone est composée des cantons de l'Argovie et de l'Unterwald, d'Uri, Schwitz, Glaris, Lucerne, Zug, Zurich et Schaffouse, qui forment le Centre suisse; elle est, au nord, limitrophe du grand-duché de Bade; elle renferme la vallée de la Reuss, qui a sa direction du sud au nord, d'Airolo à Altorf, du lac de Constance au Saint-Gothard qui la sépare du val Bedretto et de la vallée du Tessin.

La quatrième enfin, qui forme toute la partie est de la Confédération, comprend la Thurgovie, les cantons d'Appenzell et de Saint-Gall, le pays des Grisons; le canton du Tessin se rattache indifféremment aux deux dernières. Elle limite l'Autriche, la Bavière sur un point, et l'Allemagne, par le Wurtemberg et le duché de Bade. Du lac de Constance vers Rorschach, Lindau, Bregenz à Mayenfeld, de Coire à Dissentis, elle est bornée et traversée par la vallée du Rhin, à laquelle correspondent, en Italie, les vallées de l'Adda et du Tessin, de Sondrio à Olivone.

Par la position géographique seule de ces deux dernières zones, les tracés auxquels elles peuvent se prêter se trouvent exclusivement établis, dirigés vers l'Italie au point de vue des intérêts de l'Allemagne et de la portion de la Suisse qu'elles comprennent. C'est à ces tracés que se rapportent les passages par le Saint-Gothard ou les Lukmaniers, le Splugen ou le Bernardino. Ils ne peuvent avoir rien de commun avec les intérêts français, nous n'avons donc pas à nous en occuper.

Il n'en est pas de même pour les deux autres; soit comme principale partie contractante, soit comme relation secondaire, la France est intéressée d'une façon plus ou moins directe dans toutes les lignes qui pourront y être créées, car toutes doivent longer sa frontière à une distance relativement peu éloignée, et sont amenées à chercher leurs passages vers les points où elle a, comme nous le verrons, à chercher les siens.

Nous avons indiqué, dans les deux premières zones que nous avons distinguées, trois vallées principales qui pouvaient permettre et faciliter l'accès des hauteurs des Alpes; il n'y en aurait en réalité que deux, celles du Rhône et de l'Aar, puisque la vallée de la Sarine n'est qu'un chemin qui conduit à la première. Le Grimsel, l'Albrun, le Simplon, le Grand-Saint-Bernard, sont les lieux de passage qui se rattachent aux tracés par ces vallées.

Les Alpes dites Maritimes, Cottiennes et Graies formant la seule limite qui sépare là France de l'Italie, il est rationnel de croire que ce doit être sur leur étendue seule qu'il faut rechercher le tracé à établir, comme liaison la plus directe et la plus simple entre les deux pays. Mais cette chaîne, depuis le mont Cenis au moins, est située trop au sud par rapport à la plus grande partie des intérêts de la France, la ligne qu'on y pourrait faire passer serait pour le Centre et le Nord une notable et désavantageuse augmentation de parcours. Dans la partie qui seule arriverait à concilier ces relations, vers le mont Blanc, elle présente ses hauteurs culminantes, ses points les plus difficultueux, elle contraint à des travaux si considérables et si problématiques, qu'il faut les éviter à tout prix. Il n'y a donc pas à chercher dans cette partie des Alpes; force est de remonter vers le nord, aux bords du Léman, où se présente naturellement la vallée du Rhône. D'ailleurs, la ligne du mont Cenis y est en exécution et rend de ce côté toute autre solution inutile, de quelque façon qu'elle se termine; car elle suffira, si on arrive à l'établir, ou prouvera une impossibilité absolue, si on est obligé d'y renoncer. En outre, des considérations que nous émettons plus loin engagent à s'occuper du passage sur d'autres points.

De toutes celles que nous avons citées, la vallée du

Rhône est la voie qui s'ouvre le plus près des centres principaux et de la grande agglomération des transactions de la France avec l'Italie; elle est, en Suisse, celle qui s'offre, par conséquent, le plus particulièrement à eux. Elle rattache les cantons de Genève, de Vaud, de Neufchâtel, qui se groupent à son embouchure.

La vallée de l'Aar serait la plus directe pour les autres cantons qui composent la seconde zone, pour la partie de la France, comprise dans un triangle qui aurait pour sommets Dunkerque, Wissembourg et Altkirch, une de celles qui sont le moins intéressées dans le trafic avec l'Italie; et aussi pour les provinces du Rhin inférieur, pour la Belgique et la Hollande, de Bruxelles, d'Anvers, par Luxembourg et Nancy, d'Amsterdam, la Haye, par Dusseldorf, Coblentz, Carlsruhe et Bâle. Cette dernière ville deviendrait pour tous ces États ou fractions d'États un point de ralliement.

Mais la vallée de l'Aar est une impasse, on n'en peut sortir; une ligne y est de toute inutilité, impossible. Car sa plus grande raison serait un passage plus facile des Alpes vers lequel elle devrait conduire; or elle ne le peut pas. Tous les tracés par cette direction se trouvent, en effet, aborder les hauteurs aux points où les obstacles qu'il est de la nature de celles-ci d'opposer partout sont les plus puissants, où se réunissent en une masse compacte les différents rameaux qui composent le système des Alpes suisses. Ils aboutissent au vaste plateau, à la plaine de glace complétement nue, déserte, et presque infranchissable au piéton même, qui s'étend, aux altitudes de 2,500 à 4,000 mètres, du Blumlis Alp et du Weithorn au Grimsel, des glaciers de l'Aar à l'Ober Aletsch. En outre, devant descendre dans la vallée du Rhône et la remonter, ou se détourner vers les sources de la Reuss, ils comportent au moins deux fois le passage direct des faîtes. Ils présentent en double l'épineuse question que nous nous proposons, une accumulation deux fois plus grande de difficultés, de travail, de dépenses. De telles conditions rendent cette voie inabordable pour le moment, aujourd'hui que la solution doit être à court délai.

Les intérêts qu'elle pouvait servir doivent donc s'écouler par les vallées de la Reuss et du Rhône, entre lesquelles elle se trouve située, ou par la vallée du Rhin, en tant que la première direction n'aurait pas d'être une raison suffisante. Les relations de l'Ouest suisse et d'une partie du duché de Bade se tourneront vers le Rhin, les autres se rattacheront à la vallée du Rhône, et, par suite, aux intérêts français. Il résulte donc de là, géographiquement parlant, association libre, ou du moins passage logique de la Hollande, de la Belgique et des provinces rhénanes, par la voie des relations françaises. L'Angleterre, par la France ou la Belgique prend forcément aussi cette direction.

Nos études et nos recherches sur la ligne de plus courte distance pour la plus grande somme d'intérêts, au point de vue auquel nous nous sommes placés, doivent donc, déjà sous ce seul rapport, être circonscrites dans le canton du Valais, parcours de la vallée du Rhône en Suisse.

CONSIDÉRATIONS

L'Italie, comme nous l'avons dit, étant appelée à devenir, dans un temps peu éloigné, un grand foyer de production et d'affaires, de transactions et de commerce, où les intérêts de la France seront continuels et incessants, il importe que les relations des deux pays soient établies d'une manière sûre, régulière, rapide, que le mélange des deux activités soit aussi constant, aussi prompt que possible. Aussi leur mise en communication est-elle la considération première, celle qu'il ne faut pas perdre de vue. Le tracé doit suivre invariablement, pour cela, la ligne la plus courte, celle qui rapproche, qui réunit davantage et dont le parcours demande le moins de temps. Il ne faut pas que l'étude se départe de là. S'assujettir à d'autres idées, subir d'autres intérêts serait une erreur, en face de l'importance de ceux qui sont en cause ; mais rallier, entraîner dans son mouvement ceux qu'il trouve sur sa route est, pour ce tracé, une obligation.

Dans la situation où se trouve actuellement l'Italie du Nord, Piémont et Lombardie, qui, pour les relations occidentales, commandent toute la Péninsule, trois villes : Gênes, Turin, Milan, possèdent à elles seules les puissances et sont les centres importants, matériels et intellectuels. Gênes, comme le lieu à peu près unique de tout le commerce maritime du Nord, le seul port qui puisse s'élever à côté de Marseille et partager avec celui-ci les transactions par mer d'une partie du bassin méditerranéen que vont développer au plus haut point les voies nouvelles qui s'ouvrent vers l'Orient ; Turin, comme la tête du gouvernement, le siége de l'autorité, du pouvoir, de la force, la capitale en un mot ; Milan, comme le foyer de la Lombardie, le jalon premier de la route vers l'Adriatique. C'est les yeux fixés sur ces trois points qu'il faut chercher pour les pays occidentaux, pour la France en particulier, la direction des voies de communication avec l'Italie. L'avenir y fera peut-être ajouter Venise ; espérons, souhaitons-le, mais n'anticipons pas. D'ailleurs, l'entrée en cause de ce point ne change pas la question : il est, vers l'Ouest, commandé, précédé par Milan.

Du triangle formé par la liaison de ces trois centres, le sommet situé le plus près de la France, et qui par là peut conduire le plus directement aux deux autres, est Turin. La possibilité, l'utilité même n'existant pas

de la création d'une ligne en vue de chacune de ces
villes, et la nécessité forçant en quelque sorte à les
réunir pour un commun passage, Turin est par sa position le point de rayonnement naturel. La représenta-
tion la plus complète de la France et de ses intérêts
est d'abord Paris. « Centre de civilisation, de lumière,
« d'arts et de richesses, qui attire à lui avec une force
« irrésistible tout ce que les localités enfantent,
« hommes, idées et choses, et qui renvoie à son tour
« avec une énergie infatigable, dans tous les sens, les
« produits de sa dévorante activité. Les lignes de
« communication doivent donc autant que possible y
« converger; tout au moins des articulations bien
« jointes doivent y rattacher toutes les grandes ar-
« tères [1]. » Mais, bien que centre général, cette ville ne
réunit principalement que les affaires du Nord et du
Nord-Ouest; viennent ensuite Bordeaux, Marseille et
Lyon pour l'Ouest, le Sud et l'Est. Du quadrilatère
formé par les lignes de chemin de fer en pleine exploitation allant de l'un à l'autre de ces points, le sommet
qui s'approche davantage de la frontière italienne est
Lyon. La question s'agiterait donc entre cette dernière
ville et Turin, et la ligne de plus courte distance pas-
serait vers le mont Blanc. Mais, ainsi que nous l'avons
vu, la chaîne des Alpes qui s'étend de Savone au Léman est inabordable, et il faut remonter au nord vers

[1] M. Chevalier, *Intérêts matériels.*

la vallée du Rhône. Genève, qui en est la clef à l'ouest, se présente alors, et le terme des relations que nous avions posé à Lyon s'y transporte. Ce chef-lieu se trouve être un point de la résultante des lignes qui composent le réseau français, toutes les parties du territoire y communiquent par Lyon et Mâcon, bientôt par Salins et Jougne ; il est, de plus, sur la droite recti-ligne qui joint Paris à Turin ; il ne s'écarte donc pas de la direction voulue. Cette situation rend Genève, on peut presque dire sur la frontière de la France, le centre où vient converger la grande majorité des di-rections qui doivent desservir les intérêts français en Italie. Point de passage pour les voyageurs, pour les marchandises qui vont d'Italie et de Suisse en France par le continent et réciproquement, milieu des intérêts de toute une moitié du pays, ville considérable et riche, forte de son industrie propre, elle entraîne dans son mouvement une partie de la Suisse, qui vient ainsi, entre la France et l'Italie, mêler ses intérêts à ceux de ces contrées.

Quand la situation géographique n'aurait pas amené ces deux pays à envelopper dans leur liaison une partie de la confédération helvétique, d'autres mo-tifs sérieux et importants les auraient engagés à le faire.

Les voies internationales servent, dans les contrées qu'elles parcourent, deux ordres d'affaires : les affaires purement politiques, et les affaires économiques, com-

merciales et industrielles. Deux états de choses distincts et opposés donnent à ces deux ordres leur marche générale : l'état de paix et l'état de guerre. Le
premier est l'état normal, celui qui doit servir de base
à tous les raisonnements, à tous les projets; le second
est l'état accidentel, il doit toujours entrer en ligne de
prévision. Cette dualité, vu l'importance des intérêts
qui s'agitent et la nécessité de leur constante liaison,
demande, comme correspondantes, l'établissement de
deux voies de communication qui ne s'excluent pas et
puissent se suppléer. Il est utile d'examiner sous ces
deux rapports les termes de relations : France, Suisse,
Italie, qui entrent dans la sphère d'action de la ligne
dont il s'agit.

En raisonnant sur les données ordinaires d'un état
de paix et de tranquillité générales qui permette à
tous les intérêts de suivre les routes qui leur sont surtout avantageuses, sans les astreindre à une direction
forcée qui les laisse aux prises avec la nature seule,
sans compliquer leur position d'embarras politiques,
nous sommes arrivés au passages des intérêts français
à Genève. En nous basant sur les perturbations possibles, nous sommes amenés au même résultat.

Supposant, en effet, dans l'avenir, un état d'hostilités
entre la France et l'Italie, la communication directe,
de l'un à l'autre, des transactions de ces deux pays est
impossible. Cependant le mouvement commercial, les
affaires mutuelles et communes, sont tellement accu-

mulés et pressés, créent une nécessité si forte, que cette situation devient préjudiciable ; non-seulement elle entrave, mais elle arrête, elle amène la stagnation, ruine pour plusieurs, souffrance pour tous, crise, catastrophe. La Suisse s'offre alors comme un passage sûr et facile, elle évite cette position ou la sauve. Car les marchandises étrangères, par le fait de leur entrée sur le territoire de la Confédération, deviennent marchandises suisses, elles participent aux immunités que fait à celles-ci l'état de neutralité garantie, elles sortent sous ce titre, qui les rend légalement insaisissables, pour se rendre à leurs destinations particulières. Quand cette intronisation, cette protection n'existeraient pas, des négociants suisses servant, à tant pour cent, d'entrepositaires et de facteurs, arriveraient à assurer à ces transactions la même sécurité. Le commerce se continuerait ainsi, même au milieu des hostilités, gêné, mais non arrêté. De là donc, à ce seul point de vue, utilité, opportunité d'un passage en Suisse.

D'autre part, la politique européenne, qui semble en cela avoir prévu l'avenir et voulu se garder contre elle-même, garantit à la Suisse une neutralité constante, une paix à peu près complète qui la laisse en dehors des conflits qui peuvent s'élever autour d'elle. Mais ce pays n'est ni assez fort, ni assez riche, ni assez puissant ; il manque trop entre les divers cantons qui le forment, jaloux les uns des autres, d'union et de stabilité, pour qu'il puisse avoir une existence propre, complétement dégagée et personnelle. Resserré entre quatre États voisins, puissances de premier ordre, cette neutralité, cette indépendance ne peuvent être absolues; il subit, quand même, presque à son insu peut-être, dans son esprit, dans ses idées, les influences étrangères que met en contact avec lui une communication continuelle. Par rapport à la France, la situation de la Suisse, en tant qu'elle deviendrait hostile, ne pourrait donner lieu qu'à une opposition systématique, au pis-aller, à une interdiction de passage formelle que le respect de l'inviolabilité établie, que la crainte d'un conflit plus grave, plus que la force effective pourrait faire observer. C'est alors que, le passage naturel étant impossible, deviendrait nécessaire une communication directe, celle par exemple qu'on s'efforce d'ouvrir au mont Cenis, et qui est loin d'être achevée. Sans être d'une égale urgence, ces lignes sont toutes deux nécessaires. Elles se complètent mutuellement, elles assurent, elles garantissent l'une par l'autre la France et l'Italie contre toutes les éventualités qui pourraient survenir. Chose rare et précieuse, elles arrivent, se suppléant, à séparer, à mettre en dehors et au-dessus, par l'écoulement et la protection qu'elles leur donnent, les intérêts commerciaux des mouvements politiques.

En parlant d'état d'hostilités, nous n'avons fondé ni sur ce qui est, ni même sur ce qui est à craindre d'ici peut-être à longtemps, pensons-nous, mais seulement sur ce qui est humainement possible. En restant dans le cercle de la probabilité et de l'actualité, la fusion des intérêts français, suisses, italiens dans la réunion des lignes françaises à Genève en une voie vers Turin et réciproquement est donc, géographiquement et économiquement, la solution vraie.

Si, comme activité commerciale, comme importance, la Suisse n'a qu'un poids peu considérable et secondaire seulement dans la question, comme position surtout, son concours est évidemment nécessaire, puisque c'est en grande partie sur son territoire que doit se dérouler le tracé à établir; un coup d'œil n'y est donc pas inutile.

Par rapport aux mœurs, aux idées, au langage, la Suisse peut être divisée en deux parties : l'une française et l'autre allemande ; la première, formée des cantons du Valais, de Vaud, de Genève, de Neufchâtel, et d'une partie de ceux de Berne et de Fribourg ; la seconde comprenant le reste du pays. Celle-ci, de beaucoup la plus considérable, est assez franchement hostile à la France. La plus forte dans le conseil, elle dirige la marche générale des affaires et leur imprime son esprit, dont elle influence l'autre partie. Cette dernière semble, en effet, vis-à-vis de nous, dans un état de doute et de suspicion qui la fait se tenir en défiance et se montrer froide et comme craintive à l'égard de toute tentative de rapprochement. C'est là, croyons-nous, une erreur. En tout cas, ce n'est pas la conduite que trace à la Suisse française son intérêt bien entendu.

Par lui-même, ce pays, en beaucoup d'endroits in-
grat et incultivable, ne possédant ni un grand commerce ni une grande industrie propres, ne peut trouver en lui seul les moyens de se développer, d'élever
son niveau général au rang, à la hauteur de celui des
nations qui l'environnent. La nature, les événements,
en lui donnant la position qu'il occupe, la constitution
dont il jouit, semblent lui avoir indiqué les voies véritables de son mouvement et de son travail. Comme nous
l'avons vu, pour la plus grande partie de la France, pour
l'Allemagne, la Belgique, la Hollande, il est ce qu'on
pourrait appeler l'antichambre de l'Italie, le lieu géo-
métrique de toutes les directions qui, de ces contrées,
se rendront dans la Péninsule. N'y a-t-il pas là pour
lui, dans la facilité avec laquelle il s'ouvrira à toutes
ces transactions, dans l'aide et la protection efficaces
qu'il accordera aux divers intérêts qui le sillonneront,
un grand avenir comme centre de passage, comme
vaste entrepôt de transit? Développement secondaire,
subordonné, moyen et non but, il est vrai, le résultat
n'en est pas moins le même et répond à la situation
du pays. N'y a-t-il pas pour la Suisse, dans l'accumulation sur son territoire de toutes ces lignes venant du
Nord la traverser pour se rendre en Italie, et partant
de l'Italie vers le Nord, une ère nouvelle d'activité,
d'entraînement, et, par suite, de richesses et de développement? Ce n'est que par l'aide des grands États qui

l'entourent qu'elle peut arriver à ce résultat. Il est donc
de l'avantage de l'Ouest suisse de se rapprocher de la
France et de toutes les initiatives qu'elle pourra pro-
duire pour cette œuvre commune, qu'il a les moyens
de simplifier. C'est en acceptant franchement, sans
arrière-pensée, les intérêts français, qu'il arrivera le
plus sûrement à travailler pour les siens.

Des événements récents encore, aujourd'hui calmés,
ont pu donner fondement, étant mal compris, à cette
sorte d'éloignement dont nous parlions plus haut; mais
la conduite de la France, mieux saisie, mieux inter-
prétée, doit finir par dissiper ces nuages, et amener
une entente cordiale, efficace, utile et profitable à l'intérêt général.

DÉVELOPPEMENTS

Arrivés au point où nous en sommes, la question, dégagée de toutes ses considérations et résumée, peut être posée ainsi : étant reconnues la nécessité et l'urgence de voies de communication sûres, régulières, rapides entre la France et l'Italie, par la Suisse, trouver de Genève à Turin, dans la chaîne des Alpes; la voie la plus courte, la plus facile, la plus stable d'établissement et la moins coûteuse à créer.

Avant d'esquisser l'exposé de la solution que nous avons à avancer, il nous faut établir la situation où sont parvenues aujourd'hui les tentatives qui ont déjà été faites dans ce but. Cet examen éclaire et précise la question, en la montrant sous ses différents aspects.

Le projet, actuellement en cours d'exécution, connu sous le nom de ligne du mont Cenis, se présente à nous le premier comme étant la voie qui relie le plus directement les deux pays sans passer par une autre contrée intermédiaire, et aussi comme l'étude la plus ancienne. Sous Charles-Albert, quelques tâtonnements essayés dans les vallées de la Chisona et de la Briance, pour établir une ligne de communication entre la France et l'Italie, furent abandonnés presque tout de suite. Plus tard, en 1844, commencèrent les premières études sérieuses entreprises par le gouvernement piémontais pour la ligne de Suze à Chambéry, en Savoie, prolongation de la ligne de Gênes à Turin : « Ces études furent « confiées à M. l'ingénieur Mans et au chevalier Ange « Sismonda, qui présentèrent leur projet en 1849. Ce « premier projet comprenait un tunnel sous le mont « Cenis, d'une longueur de 12,230 mètres, dont l'en« trée méridionale, située dans le vallon de Rochemolle, « se trouvait à la cote 1,363 mètres, par une rampe de « 0^m,035 millimètres par mètre, et le débouché par « Modane à la cote 1,150 mètres, par une pente de « 0^m,030 millimètres. La direction générale de la galerie « était du midi au nord, avec une déclinaison d'environ « 22° vers l'occident ; elle passait à 1,600 mètres sous « le col de Fréjus, entre Bardonèche et Modane. Plus « tard, en 1854, MM. Grattoni, Grandis et Sommeillet « firent, d'accord avec le chevalier Ranco, ingénieur en « chef du chemin de fer Victor-Emmanuel, une nou« velle exploration, pour décider si on devait ou non « modifier les projets de M. Mans. Il résulta de ces « explorations qu'on conserverait ces projets, mais que,

« pour faciliter les accès, la direction du souterrain
« serait transportée presque parallèlement à elle-même
« d'un kilomètre environ vers l'occident. D'après cette
« variante, la longueur de la galerie se trouva portée à
« 12,700 mètres à peu près; sa pente, du côté méri-
« dional, descendit à $0^m,02$ centimètres par mètre, et,
« du côté opposé, à $0^m,023$ millimètres. Le point cul-
« minant, au milieu de la galerie, fut fixé à 1,335
« mètres au-dessus du niveau de la mer[1]. »

En adoptant la possibilité d'un souterrain de semblables dimensions, et ne reculant pas devant les obstacles qu'il présente, il existait, non loin de cette direction, un passage plus court et plus facile par le mont
Blanc. En effet, d'Entrèves, situé dans la vallée de la
Doire au-dessus de Courmayeur, à Moncourt au-dessous de Chamounix, vallée de l'Arve, il n'y a que 10 kilomètres; l'altitude d'Entrèves est à environ 1,280 ou
1,300 mètres, celle de Moncourt, à environ 1,000 mètres, de ce côté la ligne aboutissant de Genève à Aoste
n'aurait eu que 110 kilomètres. En 1846 déjà, M. l'a-
vocat Martinet, M. le chanoine Carrel, personnes nota-
bles de la cité d'Aoste, avaient pensé à ce projet; mais,
peu après, sur les judicieuses observations, sur les
saines appréciations de M. Dufour, ingénieur à Genève,
ils abandonnaient cette idée. Celui-ci écrivait, le 8 février 1846, à M. le chanoine Carrel : « Vous me faites

[1] *Annales des Conducteurs des ponts et chaussées*, 1857.

« part d'une idée qui, à ce qu'il paraît, s'est emparée
« de quelques esprits, que l'on aurait regardée comme
« entièrement chimérique il y a quelques années, de-
« vant laquelle maintenant on ne recule pas, accoutumé
« qu'on est d'entendre parler de montagnes percées,
« telles que le Jura, le Cenis, etc. On ne connaît plus
« rien d'impossible; ce projet de percer le mont Blanc,
« tout colossal qu'il est, a donc pu être abordé; mais il
« y a loin de la conception à la réalisation d'un sem-
« blable projet!... » Et ayant fait entrevoir ces difficultés, il conclut : « En conséquence, il vaut mieux,
« pour le moment, y renoncer que de le poursuivre [1]. »

Si, à cause du tunnel qu'elle comporte, l'établissement de cette ligne du mont Cenis est discutable, son
utilité relative ne peut du moins être contestée. Outre
la situation complémentaire que nous avons indiquée
pour elle, sa direction la pose comme la voie qui peut
le mieux réunir les conditions d'un tracé à la fois stra-
tégique et commercial. Car, en étant bonne pour les
transactions du sud de la France avec l'Italie, et ne
descendant pas vers le midi d'une façon trop préjudiciable, par une augmentation de parcours exorbitante,
pour le Centre, elle est en même temps la plus rappro-
chée du littoral méditerranéen, des flottes.

Mais cette ligne a pris naissance sous l'empire d'une
situation complexe totalement changée aujourd'hui.
État politique différent, la Savoie, bien que française,

[1] M. le chanoine Gorret, *Mémoire sur les Chemins de fer*.

n'appartenait pas à la France, l'Italie n'était pas une, l'éclatante renaissance qui se fait en ce moment se levait à peine alors. D'autre part, état de communications moins avancé, la ligne franco-suisse n'était pas terminée, la compagnie Lavalette n'avait rien exécuté encore dans la vallée du Rhône. Un nouvel état de choses, un si profond changement amène de nouveaux besoins, rend utiles de nouvelles combinaisons. De plus, il est des esprits sérieux et compétents qui mettent en doute la possibilité d'arriver, dans l'entreprise du percement d'une galerie aussi considérable, à une solution satisfaisante.

Ce serait certainement une belle œuvre que celle de ce souterrain de 12,700 mètres qui n'a aucun analogue, aucun terme de comparaison dans tout ce qui a été fait jusqu'ici en ce genre ; il y a dans la difficulté si magnifiquement tranchée par ce gigantesque travail une grandeur qui séduit et qui entraîne l'imagination. La science est arrivée de nos jours à un point où on peut lui demander, sans dépasser la mesure de ses forces, la solution de bien des problèmes épineux ; mais n'est-il pas permis, tout en espérant qu'elle ne sera pas vaincue encore cette fois et qu'elle ne faiblira pas devant les obstacles, tout en rendant justice aux habiletés qui la mettent en pratique, de se demander s'il n'a pas été agi en cette circonstance avec une confiance trop grande, si la prudence a été suffisamment consultée, si les esprits n'ont pas cédé à une passion

noble, il est vrai, mais dangereuse? N'est-il pas permis
de penser que, pour éviter des difficultés sérieuses,
sans doute, on s'est peut-être créé une difficulté unique,
mais plus insurmontable encore? Depuis un certain
temps, chaque jour fait sa tâche et avance vers le but,
mais d'une infiniment petite quantité seulement en
présence de la masse totale. Nous reproduisons ici un
article de la *Gazette du Valais*, du 14 juillet 1862, qui
présente la situation actuelle des travaux et donne une
idée superficielle et peu approfondie, mais vraie, des
difficultés que présente ce percement du mont Cenis.
« L'ouverture de ce tunnel est à peu près à 3,700
« pieds au-dessus de la mer, et à 2 ou 300 pieds au-
« dessus de la vallée de l'Arc, soit au-dessus du village
« de Fournaux, à une grande demi-lieue au-dessous de
« Modane. Entre ce point et Bardonèche, la galerie
« passera sous le col de Fréjus, situé entre celui du
« mont Cenis et celui que les cartes désignent sous le
« nom de la Roue (mons Rudis), soit un peu à l'est de
« ce dernier. Du côté de la Savoie, on emploie chaque
« jour (et même le dimanche) 300 ouvriers travail-
« lant par tiers, soit 100 à la fois pendant 8 heures.
« Ils ne peuvent prolonger davantage leur séjour dans
« la galerie, à cause de la fumée de leurs lampes et de
« celle de la poudre avec laquelle on fait sauter la ro-
« che. Dans la vallée est établie une machine à venti-
« lation, d'où part un épais tuyau qui va porter dans
« le tunnel une quantité d'air pur au milieu de celui

« qui a été vicié. Les 100 ouvriers ne pourraient trou-
« ver place dans un espace égal à la largeur du tunnel
« (environ 18 pieds) ; mais on pratique d'abord une
« galerie étroite que les travailleurs élargissent en at-
« taquant latéralement le roc. Vu la nature de celui-ci
« et l'eau qui dégoutte de la montagne, on est obligé
« de faire une voûte en maçonnerie, mais on ne peut
« utiliser pour cela les pierres que fournit la galerie
« même : on doit se servir de blocs de granit et de cal-
« caires amenés d'ailleurs. Au-dessous du débouché est
« établi un talus de 30° de pente environ, et sur lequel
« sont placées 4 lignes de rails; sur ces rails on fait des-
« cendre des wagons chargés de pierres provenant du
« tunnel, et retenus par des cordes. Les deux fractions
« du tunnel déjà exécutées font ensemble une lon-
« gueur d'à peu près 2,000 mètres, soit un sixième
« seulement de la longueur totale. » Or, voilà cinq ans
au moins qu'on est à l'œuvre. Ce qui s'est fait, d'ailleurs, jusqu'ici n'est que l'entrée en matière, le travail
de galerie ne fait que précéder celui de la section tout
entière. Ce n'est qu'à mesure que les travaux avance-
ront, qu'on pourra voir les obstacles de toutes sortes
s'accumuler et grandir dans les installations succes-
sives des machines, les déblais, les transports, la circulation, l'aérage, etc., toutes opérations dans lesquelles les plus appropriées, les plus ingénieuses inventions ne peuvent avoir qu'une puissance limitée.
Supposant, cependant, que le résultat voulu puisse être

atteint : dans quelles limites raisonnables d'avenir peut-
on le fixer? On a calculé un temps probable, mais ce
calcul ne doit inspirer qu'une confiance extrêmement
réservée, car il ne peut reposer que sur des essais, sur
des données hypothétiques; c'est une probabilité qui
repose sur d'autres probabilités! Quel fonds en peut-
on faire? Et encore, dans ces calculs, dans le travail
lui-même, pour quelle quantité est entré l'imprévu,
quelles bornes a-t-on pu assigner au hasard, aux circonstances fortuites dont la production est le fait le
plus certain de tous ceux sur lesquels on puisse compter? A quelle époque ces considérations rejettent-elles
l'achèvement? Un auteur [1], homme compétent, et dont
il est difficile de récuser le jugement en ces matières,
a sur ce sujet parlé de générations. Allant plus loin et
supposant même le souterrain terminé, tout n'est pas
fini. On doit se préoccuper des conditions dans lesquelles se trouvera l'exploitation pour l'entretien, les
servitudes nombreuses, inévitables, et forcément d'une
extrême incommodité, pour les évacuations, la sûreté,
la salubrité. On ne peut douter que tout cela n'ait été
pensé et réfléchi, mais il ne faut pas perdre de vue que
tout ici est nouveau par les proportions inouïes du travail, que tout est à créer et sort complétement des voies
expérimentées et parcourues. Ne doit-on pas croire
alors, sans pouvoir être taxé d'autre chose que de pru-

[1] M. Eug. Flachat, *Traversée des Alpes par le Simplon.*

dence, qu'il serait plus qu'extraordinaire qu'en présence de complications, d'obstacles si grands, si nombreux, si variés, si inconnus, toutes les prévisions se rencontrassent justes et toutes les solutions applicables? Or toutes les erreurs sont autant de difficultés nouvelles à surmonter, autant de causes de retard. Quant à la somme à dépenser, il est difficile d'en parler, elle ne peut être prévuë. On peut trouver, cependant, dans une estimation faite algébriquement par M. le chevalier Alby, aujourd'hui ingénieur de première classe au bureau central des chemins de fer, à l'occasion du projet d'un tunnel de 12,230 mètres sous le col du Géant, un aperçu, au faible minimum, de la dépense probable à faire au mont Cenis. Des calculs conduisaient cet ingénieur au chiffre « effrayant, » dit-il lui-même, de 21,780,240 livres[1].

En résumé, les circonstances au milieu desquelles s'est faite la création de cette ligne sont changées; un grand nombre d'esprits dont les appréciations sont dignes de foi combattent cette solution, en contestent la réalisation possible ou relèguent sa réussite dans un avenir inassignable; ceux-là même qui y ont le plus de confiance sont obligés de s'armer d'une grande espérance. La question reste donc à peu près entière, et il devient utile, sous ce rapport aussi, devant de tels faits, de telles assertions, de s'occuper de la recherche

---

[1] M. le chanoine Gorret, *Mémoire sur les Chemins de fer*.

d'une autre direction plus conforme à la situation
actuelle, en même temps plus simple, plus économique
et à terme plus fixe. Du reste, à cause du point d'honneur que peut mettre l'Italie dans cette entreprise où
elle est engagée et de l'utilité réelle qu'elle présente,
supposant, espérant toutes les choses achevées, à l'é-
poque où elles le seront, deux portes d'Italie en
France et réciproquement ne seront pas un pléonasme
économique : il y a assez de vie et d'avenir des deux
côtés des Alpes pour les employer largement.

Des autres projets qui ont été mis en avant, l'un est
actuellement en cours d'exécution, les autres sont produits par des hommes dont l'opinion a de la valeur et
doit être prise en considération. Ces projets traversent
tous le Simplon et affirment ce point comme le plus
favorable aux directions du Nord. Ils ne sont, à
proprement parler, que des variantes de cette même
solution. Avant de les examiner en particulier, nous
pouvons les apprécier dans leur ensemble, par rapport
à ce passage identique qui leur est un lien commun.

Nous avons posé en Italie, pour la France et les pays
du Nord, trois centres principaux : Gênes, Turin, Milan,
qui doivent incontestablement commander toutes les
directions. Les partisans du Simplon semblent oublier
les deux premiers termes de cette triple considération.
L'un d'eux [1] a avancé que ce passage se trouvait sur la

[1] M. le colonel fédéral Barman, *Simplon, Saint-Gothard et Lukmanier*.

ligne la plus directe de Paris à Gênes pour la partie de
la France dont Paris est le centre. Cette assertion est
loin d'être exacte, il s'en faut seulement d'un peu
moins de 90 kilomètres. Le Simplon ne commande
immédiatement que la direction de Paris à Milan.
Situé sur la ligne rigoureusement droite qui unit ces
deux villes, il serait favorable surtout et presque exclusivement à la dernière. Cela a aussi été dit; mais tout
esprit habitué aux travaux et à la construction fait
promptement justice de cette spécieuse banalité qui
consiste à indiquer péremptoirement une route dans
la ligne d'une corde inflexible tendue d'un point à un
autre. La nature oppose de tels obstacles, qu'il faut les
éviter et les tourner; aussi le tracé par le Simplon lui-
même longe-t-il la vallée du Rhône, au lieu de la
couper comme il devrait le faire d'après ce principe.
Un autre[1] a assuré que de cette direction rectiligne
devait être déduit l'établissement forcé d'une voie
qui se ferait envers et contre tous, parce qu'elle est
dans la force des choses. C'est être quelque peu bien
absolu. Un tracé en ligne droite inflexible étant
matériellement impossible et la déviation forcée,
qu'est-ce que cela peut faire à Paris ou à Milan que
cette déviation ait lieu au nord ou au sud des Alpes,
dans le Valais par la vallée du Rhône tout entière ou
en Piémont? Son intérêt même commande à cette der-

---

[1] M. l'ingénieur Jaquemin. *Gazette du Valais*, mars 1862.

nière ville le sud, par Turin, pays plus riche où se
trouvent ses plus fréquentes relations. Ce côté présente
en outre une grande longueur de lignes établies, par
suite une notable diminution, pour arriver au même
but, de temps et de dépenses. Pour l'Allemagne de
l'ouest elle-même, dont on a pu fausser la direction
jusqu'à la faire entrer comme argument principal en
faveur de ce passage, la position est complétement
semblable, et ces raisons ont la même force et la même
valeur. Le Valais, pays de 70 à 80,000 habitants,
pauvre et de peu de rapports, ne peut peser dans la
balance[1].

Par rapport à Gênes et à Turin, le Simplon est situé
beaucoup trop à l'est, de la même longueur dont la
droite de Paris à Milan s'éloigne de celle de Paris à
Turin et à Gênes. Le tracé par ce passage ne peut conduire à ces deux derniers points qu'au moyen des
chemins de fer déjà établis. Ceux-ci font alors au sud
des Alpes, en Lombardie, un coude brusque, un angle
très-aigu avec la ligne qui accède par la vallée du
Rhône; ils reviennent en sens contraire et presque
parallèlement à cette première direction. Par là cette
voie se trouve augmentée pour Turin et Gênes d'une
longueur très-considérable, à peu près égale à deux
fois la distance du point où le Rhône se détourne vers

---

[1] D'ailleurs, il n'y a qu'une partie du Valais intéressée dans la direction
par le Simplon.

l'est, à Martigny, au Simplon, c'est-à-dire environ 140 kilomètres. Ce passage est donc, par rapport à ces deux villes, évidemment défavorable; il l'est aussi pour la France, l'Ouest suisse, une grande partie de l'Allemagne et tous les pays qui se rattachent à ceux-ci. Contraints à passer par toute la vallée du Rhône, ils y trouvent un allongement de parcours très-grand et complétement inutile, un emploi de temps plus long et de plus fortes dépenses. Le Centre suisse seul y trouverait sa direction véritable par le Grimsel, sans prendre la vallée du Rhône; mais les intérêts en sont-ils assez puissants pour forcer le passage en le supposant possible? Nous ne le croyons pas; ils sont de nature à concourir, mais non à commander seuls; ils trouvent d'ailleurs un écoulement suffisant par les vallées qui les avoisinent. Le Simplon ne deviendrait admissible qu'autant qu'il serait obligé; qu'il serait le seul et devrait être subi, à cause des facilités d'établissement qu'il offrirait comparées aux difficultés insurmontables qu'opposeraient les autres points. Or telle n'est pas la position: le développement de cette idée est le but de ces pages.

Des projets, dont nous avons parlé plus haut, qui traversent ce passage, le premier, par sa date et le notable commencement de mise à exécution qu'il a reçu, est celui qui établit la ligne dont la concession fut ratifiée le 28 février 1853, par un traité passé entre l'État du Valais d'une part, représenté par le pouvoir

exécutif, et M. Pierre-Joseph-Marie-Adrien de Lavalette, d'autre part.

Cette ligne, que la compagnie appela du nom de :
ligne d'Italie par le Saint-Bernard et le Simplon, nom
heureux et plein de promesses, avait pour premier but
de conduire du lac de Genève ou port de Bouveret à
Sion ; elle frisa la vérité dans son appellation, mais elle
s'en tint là. Peu après elle obtint la concession de tronçons successifs, de Sion à Brigg, de Brigg à Domo
d'Ossola, prolongations de la première ligne. Elle s'in-
titula alors : ligne d'Italie par la vallée du Rhône et le
Simplon. Dans cette concession, l'État du Valais fit une
faute, il se lia imprudemment en s'interdisant, par
l'article 34 du traité, la faculté d'accorder dans la même
direction toutes concessions de lignes ou d'embranche-
ments pouvant faire concurrence. Par ce paragraphe,
un des plus courts et des derniers, il se livra presque
complétement et aliéna une liberté d'action qui faisait
sa principale force, il ouvrit pour l'avenir la source
possible d'une regrettable complication. Le tracé de
cette ligne, définitivement fixé dans ses jalons principaux, du port de Bouveret, par ou près Vouvry, Co-
lombey, Saint-Maurice, Martigny, Riddes, Saint-Pierre,
pour arriver à Sion, compte 62 kilomètres, puis de
Sion, par Viége et Loèche, pour arriver à Brigg, 53 kilomètres. De Brigg, il devait aborder directement le
passage du Simplon pour descendre à Domo d'Ossola et
à Milan. Les travaux furent exécutés par MM. Hunne-

belle frères et G. Delahante, pour la partie du Bouveret
à Sion. L'estimation fut portée à 200,000 francs le kilomètre; soit 25 millions pour la longueur totale.

Commencée depuis sept ans à peu près, cette ligne
n'est arrivée que jusqu'à Sion, incomplète encore, les
gares et leurs accessoires ne sont pas terminés; il y a
là une lenteur qui étonne. Les causes en sont complexes;
il ne nous appartient ni de les rechercher ni de les signaler, elles ne tiennent en rien au travail par lui-
même, mais, telles qu'elles existent, elles constituent
de grands obstacles, une situation embarrassée et difficile. Cependant il a été conclu, le 9 février 1862,
entre MM. Allet, représentant du Valais, et de Joguet et
Blacque, délégués par le conseil d'administration de
la ligne d'Italie par la vallée du Rhône, une convention
qui porte, article 5, que ladite compagnie s'engage à
terminer la section de Sion à Loèche pour le 1er juin
1867, et celle de Viége à Brigg pour le 1er juin 1868.
Ces délais sont sans doute nécessaires, puisqu'ils sont
accordés : si donc il faut six années pour ouvrir les
55 kilomètres de Sion à Brigg, dans une large et facile
vallée dont la pente est de 0m,0028 par mètre, à quelle
époque voit-on rejeté l'achèvement total du passage, si
on pense qu'il y a de Brigg à Domo d'Ossola 91 kilomètres [1], de Domo d'Ossola à Arona, point le plus

---

[1] D'après un tableau dressé par la compagnie de la ligne d'Italie, éta-
blissant sa ligne de jonction entre Milan à Genève par une développée de
341 kilom.

avancé des lignes italiennes, 87 kilomètres ; au minimum, enfin, 175 kilomètres de voie ferrée entre Brigg
et Arona? Si on considère, en outre, que c'est à ce premier point seulement que commenceront les difficultés
sérieuses et imposantes, les seules que comporte vraiment le tracé, que c'est vers ces hauteurs que se trouve
l'entrée en souterrain, opération lente et pénible, et
que le travail devient à peu près impossible pendant
une grande partie de l'année. En se fondant sur les
bases que nous avons citées et sur lesquelles on peut
établir, puisqu'elles sont officielles, on arrive à avancer,
sans crainte d'être accusé d'exagération et de parti
pris, que la mise en exploitation de cette ligne, dans de
semblables conditions, ne pourrait avoir lieu que vers
1875 ou 1880; est-ce là un terme qu'il soit possible
d'attendre? Quand les considérations que nous avons
indiquées plus haut ne suffiraient pas pour montrer la
situation tout à fait fausse et désavantageuse de ce tracé,
et l'infirmer à notre point de vue, ce rapide aperçu de
la situation actuelle n'est-il pas assez explicite?

Les autres projets qui ont été avancés sont restés à
l'état spéculatif et n'ont pas franchi les limites de la
discussion. La plupart n'offrent que des correctifs du
passage même de la montagne, des moyens plus ou
moins heureux de surmonter les difficultés techniques
qu'il présente. Parmi ceux qui sont venus à notre connaissance, deux surtout rentrent dans la manière dont
nous avons envisagé la question.

Le premier, formulé par M. Eugène Flachat, la présente, l'examine et la résout au point de vue suisse-allemand, qu'il fait principalement dominer. La France entre néanmoins dans ce projet pour une large part, mais accessoirement, pour ainsi dire, et rattachée seulement. Écrivant sous l'esprit de lumières, de données qui lui créent une sorte de jugement préconçu, il semble rendre les intérêts français tributaires des intérêts suisses et allemands. « En ce moment, dit-il[1], la « fusion de l'intérêt allemand et de l'intérêt français « en faveur des passages suisses qui conviennent seuls « à la France, est sans inconvénient pour l'Allemagne. » Cela peut être vrai; mais la réciprocité existe-t-elle? Il ne faut pas oublier que les passages par le Centre et l'Est suisses sont une cause commune, quels qu'ils soient, avec les passages exclusivement allemands, qui y trouvent la seule et véritable voie pour leur majorité. Et si cette réciprocité existait; s'il était vrai, aujourd'hui, que la fusion fût sans inconvénient pour la France, doit-on espérer qu'il pourrait en être toujours ainsi? Non, évidemment; car, plus loin, M. Flachat ajoute que « la plus grande difficulté ne serait peut-« être pas d'amener l'entente entre les intérêts de ces « deux grands pays. » Ne découle-t-il pas de là que cette entente n'existe pas en ce moment même? Peut-on alors compter sur l'avenir? Dans de telles questions, on doit

[1] *Traversée des Alpes par le Simplon.*

écarter toutes chances d'entraves. D'ailleurs, tout en persistant dans son idée de fusion et sans en tirer la conclusion rigoureuse, M. Flachat abonde dans notre sens en reconnaissant que le défaut d'union et de fermeté tiendrait en échec, en Suisse, « les solutions dans « lesquelles entreraient les membres nombreux de la « Confédération. » Il n'est pas douteux, après cela, qu'il soit de toute nécessité de ne pas agglomérer forcément des intérêts d'une si difficile réunion. Cette contradiction manifeste de l'auteur, qui montre en désaccord la pensée et le fait, ne peut venir que du point de vue forcé auquel il ramène toutes ses considérations. Celles-ci demandent logiquement le passage par les vallées de l'Aar ou de la Reuss; la première est impossible, et, par la seconde, il eût été difficile d'intéresser la France, dont le concours peut être nécessaire à la cause et qu'il est bon de faire entrer quelque peu comme but.

Le tracé de M. Flachat passe par Bâle, point obligé, et, par Genève ou Lausanne, gagne la vallée du Rhône. C'est cette seconde partie, dans l'intérieur de la Suisse surtout, qui, pour les relations françaises, est erronée; car un passage plus direct et plus court annule de fait, quant à présent, celui du Simplon. Le parcours en Suisse est une obligation pour la France; mais elle doit en user le moins possible, et ne pas s'y astreindre. Il arrivera une époque, sans doute, où, sous la pression des intérêts, tous les passages étant forcés, la France pourra faire prendre à ses diverses relations les directions différentes qui leur seront le plus avantageuses, où elle pourra choisir entre les voies à employer; mais la situation n'en est pas encore là. Il ne faut pas oublier qu'il s'agit ici d'une voie unique et prompte, de la nécessité d'un établissement prochain.

Sous le rapport technique du sujet, M. Flachat demande à la mécanique la plus grande partie de ses moyens. Sinon par des inventions radicales et complétement nouvelles, du moins par des modifications et des changements importants à introduire dans le matériel d'exploitation employé jusqu'ici sur la plupart des lignes de chemins de fer, il veut arriver à franchir des rampes de 0,05 centimètres par mètre, exceptionnelles et non encore expérimentées, à tourner sans danger dans des courbes à rayon extrêmement réduit. Il porte à 55 millions la dépense estimative de l'établissement de la ligne entre les deux tronçons les plus rapprochés.

Nous ne nous proposons pas de discuter de point en point les données et les conclusions physiques et mécaniques de ce projet; outre que nous ne nous jugeons pas assez compétents pour cela, cet examen nous entraînerait trop loin, sortirait du cadre que nous nous sommes tracé; il est, du reste, peu nécessaire. Qu'on se demande seulement s'il y a opportunité, s'il y a nécessité de changements profonds dans le matériel d'exploitation, et si des innovations seraient sanctionnées par la saine prudence? Si ces hauteurs, si difficilement accessibles, où la vapeur circulera dans des conditions tellement exceptionnelles, bien autres même qu'au Semmering, cité par M. Flachat, au milieu d'obstacles aussi variés, aussi imposants et aussi nombreux, sont un lieu bien choisi d'essais et d'expériences? Quelque puissante que soit la science, c'est un devoir de ne pas compliquer de ses tâtonnements et de ses hypothèses les entraves déjà si grandes et si fortes que présente une semblable nature, et qu'il est impossible de ne pas subir. Il serait certainement de toute nécessité, si d'autres moyens étaient impossibles, de se résoudre, quel que fût le passage adopté, à ces tentatives, de les employer hardiment. Mais il n'en est pas ainsi; il est possible, nous en sommes convaincus, de franchir les Alpes sans employer comme travaux, comme moyens, d'autres connaissances que celles qui ont été partout expérimentées.

Le tracé de M. l'ingénieur Jacquemin, qui n'est qu'une variante du précédent, soulève exactement les mêmes objections; mais il se rapproche davantage du but à atteindre sous le rapport de l'exécution. Il comporte un souterrain de 10 kilomètres, dont le percement ne nécessite pas d'autres moyens que ceux déjà employés pour les tunnels de Blaizy et de la Nerthe; il n'admet que des inclinaisons de 0,033, qui sont celles de plusieurs lignes en activité. Il porte à 50 millions la dépense estimative, péchant par excès, dit-il.

Outre les raisons qui infirment ce tracé, communes à tous les passages par le Simplon, l'entreprise de ce souterrain de 10 kilomètres peut inspirer des craintes. Le percement commence à l'altitude de 1,300 mètres, et, quoique tout porte à croire à un résultat possible, dans les conditions indiquées, peut-être même facile, c'est toujours un obstacle qu'il faut non pas tourner, cela est impossible dans cette question, mais au moins amener aux proportions les plus réduites. A en juger par ce qui s'est fait au mont Cenis, comme rapidité d'exécution, comme avancement, ce travail exigerait un temps considérable et dont il est difficile aussi de fixer la limite approximative. Cependant, sur le premier, ce second projet, en ne sortant pas des bornes de l'expérience, présente une notable amélioration et permet ainsi d'en espérer de plus grandes encore.

Après avoir posé la nécessité, l'urgence du passage des Alpes de France en Italie; après avoir fixé, par les conditions indispensables et par voie d'exclusion, d'une façon générale, la direction à suivre, nous arrivons à voir que les quelques tentatives de traversée qu'on ait essayées sur divers points sont extrêmement douteuses, erronées ou reléguées dans un avenir très-lointain, ne se trouvent pas enfin dans les conditions exigibles et possibles; le champ reste donc ouvert à tous les travaux, le terrain est prêt et libre.

Mettant à part celles des considérations invoquées en faveur du passage par le Simplon que nous avons repoussées, considérations purement générales, tout ce qui a été dit de reste en ce sens est parfaitement applicable au tracé par le Saint-Bernard que nous allons indiquer ; et nous croyons que, si les esprits qui ont préconisé le premier avaient eu la pensée du second, ils s'y seraient certainement ralliés.

EXPOSÉ

L'établissement d'un chemin de fer dans les Alpes
se présente entre deux systèmes : l'un, dit tracé bas à
long souterrain, cherche à éviter, à trancher les difficultés que présentent les hauteurs, au moyen d'un
grand tunnel qui relie les deux versants de la chaîne
de partage ; l'autre, dit tracé haut à court souterrain,
essaye à franchir ces obstacles. Comme dans les maux
qu'il faut subir, dans les difficultés qu'on ne peut éviter, il faut choisir les moindres, et le percement d'un
souterrain de 10 kilomètres au minimum, à l'altitude
de 13 à 1,400 mètres, hauteur et longueur à peu près
communes à tous ceux que peut comporter le système
dans ses différentes applications, constitue à lui seul
une difficulté plus grande que la réunion de celles qui
s'accumulent aux faîtes. L'expérience du mont Cenis le
prouve péremptoirement et suffit pour détourner l'es-

prit de toute nouvelle tentative de ce genre. Reste donc le système de tracé haut à court souterrain; c'est celui que nous nous proposons de suivre comme le plus simple, le plus certain, le moins coûteux et celui dont l'établissement demande le moins de temps. Ce système repose sur la conformation pyramidale des montagnes, d'où découle cette évidence que plus on s'élève et se rapproche des sommets, plus l'inévitable percée à effectuer diminue.

Dans ce qui précède, nous avons conclu contre le Simplon comme étant désavantageusement situé et se présentant dans des circonstances défavorables; nous avons mis en doute la nécessité de modifications mécaniques, montré la réalisation de toutes les solutions proposées jusqu'ici comme reportée à des époques que la situation ne permet pas d'attendre. Nous avons posé la question se déroulant entre Genève et Turin et marqué la vallée du Rhône comme passage forcé. Conséquents avec ces déductions, fidèles à ces données, nous devons les prendre pour guides et ne pas les perdre de vue, les observer, pour éviter les unes et suivre les autres.

Aux conditions que nous avons déjà indiquées, qui doivent commander l'accès direct des cimes, possibilité de développements, inclinaisons particulières, viennent se joindre celles de la traversée elle-même, du passage immédiat d'un versant à l'autre. L'altitude de tous les points abordables est la même à peu près

partout, de 2,000 à 2,500 mètres, hauteur au-dessus
de laquelle la nature est un obstacle perpétuel, rendu
souvent infranchissable par les effets climatériques de
toutes sortes, abaissement considérable de la tempéra-
ture, amoncellement de neiges, tourmentes, etc. Le
tracé continu à ciel ouvert est impossible, bien avant
cette hauteur même, et les opérations souterraines de-
venant nécessaires et étant partout laborieuses, la configuration du passage à choisir doit être telle qu'elle
ne présente pas de la fin de la rampe d'accès à l'origine de la pente de descente une épaisseur, une largeur qui nécessite une percée trop longue; cette considération est techniquement primordiale.

D'un côté, Genève, par Lausanne au nord et bientôt
par Thonon au sud du Léman, communique au port de
Bouveret situé sur le lac, à l'entrée de la vallée du
Rhône; de l'autre, Turin s'avance vers les Alpes par la
ligne d'Ivrée. Nous pouvons donc restreindre encore,
entre ces points plus rapprochés, les limites dans lesquelles nous avions d'abord posé la question, et ainsi
la simplifier et la préciser davantage.

Ces bases étant posées, en examinant l'aspect de la
vallée du Rhône, de la Dent du Midi et du glacier
Portalet, à l'ouest, au mont Rosa et au Weiss Thorn, à
l'est, dans sa partie la plus large et la plus épanouie,
un point possible s'offre d'abord à première vue et
exclusivement à tout autre avec une incontestable
chance de probabilité, si forte, ce nous semble, qu'il

fallait, pour ne pas le signaler, des opinions arrêtées
et formées d'avance. Il en fut ainsi, en effet, car la
commission internationale, composée de MM. Negretti
pour le Piémont, E. Hachner pour la Prusse, Koller
pour la Suisse, qui a été chargée en 1851 d'explorer
les divers passages des Alpes, dans le but de déter-
miner le choix de la meilleure ligne à suivre pour y
établir un chemin de fer, a omis, sous le prétexte de
la saison trop avancée, de visiter le passage du Grand-
Saint-Bernard, comme elle l'a expressément relaté dans
son rapport du 9 novembre 1851 qui a servi de point
de départ à toutes les polémiques et discussions qui
ont eu lieu successivement sur la même matière[1]. Ce
point, disons-nous, est, entre les monts Dolent et Velan,
le GRAND-SAINT-BERNARD, du col de la Fenêtre au
pic de Menouve. Autour de lui, en effet, s'étendent de
chaque côté, inabordables, les glaciers du mont Blanc,
du mont Combin, dit de Corbasière, d'Otemma et du
Matterhorn, vastes espaces qui ne descendent pas au-
dessous de 3,000 mètres, et forment, entre les versants
de la chaîne alpestre, de vastes plateaux de plusieurs
lieues d'étendue aux abords desquels n'approchent que
des vallées torrentueuses et impossibles, celles d'Hé-
rens et d'Annivier. Le Grand-Saint-Bernard, au contraire, ne présente aucun glacier important, le faîte en
est nettement accentué, et la Dranse Valaisanne, formée

---

[1] *Rapport sur l'utilité d'un chemin de fer d'Aoste à Ivrée.*

des Dranses de Bagne, d'Entremont et de Ferret, y accède par les deux dernières dans de larges vallées auxquelles correspondent, de l'autre côté de la montagne,
les vallées italiennes affluentes de la Doire Baltée. A la
seule et simple vue d'une carte, toutes les conditions
voulues, toutes les facilités, semblent se réunir à cet
endroit. En prenant connaissance du terrain dans tous
ses détails, nous avons reconnu la possibilité, le peu
de difficulté relative de l'établissement de la voie ferrée
dont nous allons tracer la direction [1].

Les Dranses de Ferret et d'Entremont, après s'être
rejointes à Orsières, se réunissent à Sembrancher à
la Dranse de Bagne, et toutes trois, confondues en un
seul cours d'eau, vont sous le nom de Dranse Valaisanne se jeter dans le Rhône un peu au-dessous de
Martigny. Des routes établies, dont les travaux et l'assiette peuvent guider avec certitude et présentent une
expérience déjà faite, circulent dans ces vallées jusqu'à
Proz. La plus importante se dirige de Martigny, en Valais, vers Aoste, en Piémont, par la vallée d'Entremont,
la plus facile, la plus ouverte, et, par cela même, celle
qui offre le meilleur passage en conduisant au sommet
le moins élevé, le col de Menouve, à 2,785 mètres. La
vallée de Bagne, tournant autour des monts Combin,
aboutit aux glaciers d'Otemma par une déviation à
l'est. Elle est impraticable. Le val Ferret, plus étroit,

---

[1] Voir la planche à la fin.

offre de plus difficiles développements; il conduit au col du même nom, à 2,492 mètres, très-large à la hauteur, où il faudrait entrer en galerie, et comporte une augmentation de parcours de 15 à 20 kilomètres sur le tracé par le val d'Entremont.

C'est donc à Martigny, où le cours d'eau dont nous suivons la direction rencontre le Rhône, point important de la ligne dont nous avons parlé, établie du port de Bouveret à Sion le long du fleuve, que se rattache notre tracé descendant des vallées précitées. Cette ville, où il rencontre la première et seule voie ferrée en exploitation qui le fasse communiquer directement aux réseaux du Nord et de l'Ouest, est, par conséquent, notre point de jonction et de départ. Persuadés qu'une étude faite minutieusement, le niveau et la chaîne à la main, doit donner, à peu de chose près, les mêmes indications, nous n'employons que ce qu'on appelle des chiffres ronds.

La vallée d'Entremont proprement dite a son origine au pied du Grand-Saint-Bernard, le col de Menouve, situé sur la droite, est le point culminant qui la sépare du torrent du même nom descendant le versant sud de la chaîne alpestre. Celui-ci, grossi des cours d'eau de la combe de Bosses et du val du Grand-Saint-Bernard à Étroubles, puis du val Pellina à Roysan, se jette du nord au sud dans la Doire Baltée, un peu au-dessous d'Aoste. C'est dans la corrélation, l'enchaînement de ces vallées, que se trouvent nos moyens d'établissement.

Toute traversée des hauteurs se compose, ainsi que nous l'avons dit, de deux termes distincts et opposés : l'accès et la descente; nous pouvons diviser, pour plus de clarté, notre tracé en deux parties correspondantes. La première, comprenant le parcours suisse, dans le canton du Valais, de Martigny au point fixé pour l'entrée en souterrain; la seconde, se déroulant dans la vallée d'Aoste, de la sortie du tunnel jusqu'à Aoste même, lieu où les difficultés cessent, où les projets de liaison à Ivrée et à Biella, déjà élaborés d'ailleurs, rentrent dans les conditions ordinaires.

L'altitude d'un point à l'embouchure de la vallée de la Dranse, au village de la Croix, au-dessus de Martigny, qu'il est élémentaire de rattacher à la station actuelle de la ligne d'Italie, dite par le Simplon, étant comprise entre 500 et 510 mètres, peut être posée comme cote de départ dans la vallée du Rhône. Au sommet de Proz, à la hauteur de 1,850 à 1,900 mètres, se dresse, abrupte, la ligne des faîtes extrêmes qu'il faut renoncer à gravir ; ce point doit être marqué comme borne du tracé à ciel ouvert, commencement de l'entrée en souterrain. Entre ces deux limites, dont la différence moyenne est de 1,370 mètres, quantité dont il faut s'élever, est comprise la rampe continue d'accès.

Plusieurs unités d'inclinaisons peuvent être adoptées comme constantes dans le tracé, l'une, de $0^m,027$ par mètre, qui a servi à l'établissement de plusieurs lignes; l'autre, de $0^m,035$, est à peu près celle qui a été employée sur le chemin de fer de Gênes à Turin. La première donne entre les points que nous avons posés une développée de 50 kilomètres 1/2, la seconde, de 39 kilomètres ; ou 53 kilomètres 1/2, et 41 kilomètres 1/2, en ajoutant une moyenne de paliers de 300 mètres, à réserver de 6 en 6 kilomètres pour les besoins et les servitudes à prévoir. Il est difficile de descendre au-dessous de 0,027, et il serait peu prudent de monter au-dessus de 0,035; mais on peut, entre ces deux extrêmes employer une unité quelconque. Aucun avantage singulier, particulièrement influent, n'étant offert par l'adoption de la première unité, et la seconde, qui diminue considérablement le trajet, la dépense, expérimentée sur une ligne en parfaite exploitation, présentant une sûreté suffisante, c'est celle dont il faut se servir et sur laquelle doit reposer toute étude. Il n'était pas, cependant, inutile d'indiquer la possibilité d'employer les autres, afin de rassurer toutes les craintes, et, par ce choix rigoureusement loisible, de donner une idée de la facilité de cette direction.

Adoptant donc cette rampe de $0^m,035$ par mètre, la voie à suivre pour arriver au sommet de Proz, avec la longueur de développement qu'elle nécessite, serait dans ses jalons principaux, des environs de la Bathiaz ou de Martigny-la-Ville, en traversant la Dranse, de prendre : par ou près Plan-Cerisier, les Rappes, le Borgeau, Bovernier; de suivre la rive gauche de la vallée, jusqu'à Sembrancher en s'élevant toujours en flanc de coteau sur les rives de la Dranse Valaisanne ; puis en la traversant vers ce dernier point, pour se diriger dans la vallée de Bagne par Vollége et la Villette, et, franchissant la Dranse de Bagne à cet endroit, de revenir, en tournant au pied du mont Six Blanc passer sous Chamoille, Reppaz en face d'Orsières, sous Comeire, par Liddes, Allève, toujours montant sur la droite de la Dranse d'Entremont jusqu'au bourg Saint-Pierre ; de traverser la vallée à Serreire ou un peu au-dessus, pour éviter les grandes avalanches du Dacier et du Creuse, et de se maintenir de ce côté jusqu'au sommet de Proz, point auquel il fallait atteindre.

Cette hauteur se trouve dominée par le col de Menouve et le pic de Barasson ; ce dernier, vers lequel est situé l'hospice du Grand-Saint-Bernard, présente, sur la direction par Menouve, une légère augmentation de parcours, et le versant sud, jusqu'au pic au-dessus de Saint-Remy, ne permet pas la descente. C'est donc du sommet de Proz, siége d'une cantine et dernier lieu d'habitation dans ces hauteurs, vers le col de Menouve, que seront placées l'origine et la direction d'un souterrain qui, débouchant de l'autre côté du col vers le point de réunion des deux ruisseaux qui forment le torrent de Menouve, aura une longueur de 4 à 5 kilomètres au maximum et présentera, établi sur une légère pente, vers sa sortie la même cote à peu près qu'à son entrée, 1,850 à 1,880 mètres.

De cette élévation à l'arrivée à Aoste, vers 600 à

610 mètres, serpente le tracé qui descend le versant sud de la montagne. Avec les inclinaisons que nous avons indiquées, sa longueur est comprise entre 49 kilomètres 1/2 et 58 kilomètres. La direction générale de cette développée longe d'abord la route, le chemin établi suivant la vallée de Menouve, tourne à l'ouest, à la hauteur des Bugettes, entre Saint-Oyen et Saint-Remy, jusque vers Saint-Léonard où elle fait dans la combe de Bosses une courbe en retour forcée pour revenir passer en face d'Étroubles et descendre en flanc de coteau sur la rive droite de la vallée du Grand-Saint-Bernard par Cluses, Gignod, Signaie, Bébian, jusqu'à Saint-Pierre, d'où elle revient directement sur Aoste.

En ajoutant les différentes longueurs partielles du tracé, nous arrivons, de Martigny à Aoste, à un parcours total de 83 à 84 kilomètres, qui réalise de tous points le programme que nous avons tracé.

Prenant pour base cette ligne d'opérations, des nivellements bien et consciencieusement faits sont à même de fixer facilement et exactement la hauteur des points de passage successifs en flanc de coteau. Intelligemment manié, l'établissement d'une ligne suivant cette direction se présente dans d'excellentes et rares conditions d'assiette et de sécurité. La route établie, de nombreuses rigoles d'irrigation sur tous ces coteaux, le prouvent abondamment et montrent le terrain qu'on rencontre, de calcaire, de schiste, d'ardoise ou de

gneiss, partout solide. Au lieu de courbes de 20 mètres
comme on en a avancées, rarement il sera nécessaire
d'employer des rayons de 300 mètres, 4 et 500 mètres,
au minimum, peuvent le plus souvent suffire; ces longueurs sont partout usitées et font une partie notable
des conditions de sûreté et de rapidité nécessaires.
Aucunes difficultés que les travaux ne soient habitués
à résoudre ne crée d'obstacle bien sérieux; quelques
vallées à franchir plus ou moins laborieusement, celles
de Bagne, de Saint-Remy, de Bosses, les ravins du Bro-
card, de Comeire, de Serreire et de Cluses, donnent
seuls lieu à des ouvrages d'art quelque peu importants,
mais qui n'ont rien d'exagéré ni d'inconnu. La moitié
au moins du tunnel qui relie les deux parties du tracé,
et qui est plus court que beaucoup de ceux déjà exécutés en France et dans d'autres contrées, peut être
percée avec puits, la totalité sans autres moyens que
ceux qui ont partout été mis en pratique jusqu'ici. En
combinant aux points voulus, indiqués par l'expérience, les passages alternatifs d'un côté à l'autre des
vallées, presque toujours faciles, on évite sans peine
les avalanches principales, les seules qu'il y ait lieu
de craindre, et dont le régime bien connu est périodi-
quement assez fixe pour permettre toute confiance.
Quant aux influences atmosphériques de toutes sortes
dont il faut se mettre à l'abri, la question rentre dans
les détails d'exécution. On peut la résoudre d'une façon
sûre et définitive tout de suite, au moyen de galeries

couvertes et solidement établies. Il y a là plutôt une utile augmentation de dépenses qu'une grande difficulté, augmentation qui sera largement compensée par l'entretien continuel de la voie, qui deviendra ainsi moins asservissant, moins onéreux. La présence sur les lieux mêmes, presque à pied d'œuvre, de tous les matériaux de construction, ajoute encore une grande facilité et constitue une sérieuse économie. La chaux, le moellon, la pierre de taille, l'anthracite comme terme de la force motrice par la vapeur, se rencontrent partout. En portant à 250,000 francs le kilomètre de Martigny à Proz, à 2,500 fr. le mètre de souterrain, et à 200,000 le kilomètre du débouché du tunnel à Aoste, on arrive à une estimation large et maximum de 45 millions.

En supposant qu'avec de telles conditions il soit apporté à ce travail l'activité possible et désirable, on peut, en attaquant le terrain au nord et au sud des Alpes simultanément, parvenir au résultat en quatre à cinq ans. Cette rapidité d'exécution, à laquelle peuvent arriver des intelligences actives, capables et entendues dans les travaux, montre, par comparaison, une différence capitale comme temps et répond le mieux à cette nécessité, à cette urgence de communications devenues aujourd'hui indispensables.

Dans les données prises et employées comme bases pour un semblable établissement, une exploitation trouvera la situation commune de toutes les lignes ordinaires en activité. Même facilité, sûreté égale, nulle nécessité d'un matériel roulant particulier, nulle servitude de transbordement dans la liaison avec les lignes étrangères, pareille vitesse moyenne; en somme enfin, à peu de chose près, exactement les mêmes conditions dans la traversée des Alpes que dans le parcours des pays de plaine.

Situé à égale distance du mont Cenis et du Simplon, le tracé par le Grand-Saint-Bernard évite les inconvénients et les erreurs que présentent ces deux passages, tout en participant des avantages qu'ils peuvent avoir. Il supplée le premier, dont il peut précéder de longtemps l'achèvement; il ne subit pas la considérable et inutile augmentation de longueur, de temps et de dépenses auquel force le second. Il ne présente aucun point qui ne soit obligé; il traverse la Suisse au sud, dans sa partie la plus faible et la plus restreinte, la plus dégagée de toutes les influences, la plus véritablement neutre. De Martigny continuant vers le port de Bouveret, il se rattache par Lausanne, Yverdun, Neuchâtel, bientôt et plus directement par Berne et Fribourg à Bâle, et, par cette dernière ville, point de réunion en Suisse des lignes du Nord, aux Pays-Bas et surtout aux États allemands, dont une partie le suivra toujours et l'autre l'emploiera aussi en attendant que soient ouvertes les voies par la vallée du Rhin; il se lie à la France par Genève ou Lausanne et Jougne; il réunit les intérêts librement, sans les confondre et les assujettir.

En résumé, il justifie les prétentions que nous avions élevées; il satisfait aux conditions que nous avons déduites et définies; il offre, exclusivement à tout autre, des facilités exceptionnelles. Son parcours est de beaucoup le moins long, par suite le plus rapide et le plus direct, le plus économique. Des tableaux, dressés ci-après, résument les longueurs entre les divers centres par les différentes directions proposées, et montrent, en faveur du Saint-Bernard, une diminution notable et importante qui en fait bien la ligne de plus courte distance pour la plus grande somme d'intérêts, particulièrement par rapport à la France que nous avons plus spécialement envisagée.

Nous affirmons la possibilité du projet que nous avançons, dans les conditions indiquées; nous en sommes convaincus, et nous croyons qu'en allant au fond de toutes les considérations géographiques, politiques et économiques pour tous, techniques pour quelques-uns, que nous avons effleurées peut-être un peu vite et jetées un peu pêle-mêle peut-être aussi dans ces lignes, l'esprit doit arriver à une conclusion semblable.

Tableau comparatif des distances par le Simplon et le Grand-Saint-Bernard, entre Martigny, dans la vallée du Rhône, au nord des Alpes, et Milan, Turin et Gênes au sud.

INDICATION DES POINTS EXTRÊMES.	LONGUEUR		DIFFÉRENCE EN FAVEUR DU GRAND-SAINT-BERNARD.
	PAR LE GRAND-SAINT-BERNARD.	PAR LE SIMPLON.	
De Martigny à Milan.	262	308	46
— à Turin.	220	358	138
— à Gênes.	336	416	80

Tableau comparatif des distances entre les divers centres occidentaux et italiens, par les passages du mont Cenis, du Saint-Bernard et du Simplon.

PAR LE MONT CENIS.

Ce passage, exclusivement français, ne comporte pas d'autres relations.

	A TURIN.	A MILAN.	A GÊNES.
De Paris par Mâcon.	809	956	975
De Nantes par Bourges et Roanne. .	1,270	1,417	1,436
De Bordeaux { par Cette et Tarascon.	1,174	1,321	1,340
De Bordeaux { par Bourges et Roanne.	1,126	1,273	1,292
De Lyon.	342	489	508
De Bruxelles.	1,310	1,457	1,476

NOTA. Lorsque la ligne de Bordeaux à Lyon sera terminée par Périgueux, Brives, le Puy et Saint-Étienne, les distances de Bordeaux aux trois villes sus-indiquées seront réduites de près de 200 kilomètres sur la ligne de Roanne et de près de 300 sur celle de Cette. Celle de Limoges à Montluçon raccourcira bientôt déjà de plus de 100 kilomètres.

Lorsque la ligne de Tours à Vierzon et le passage de Tarare seront achevés, les distances de Nantes seront diminuées de plus de 160 kilomètres.

PAR LE GRAND-SAINT-BERNARD.

	A TURIN.	A MILAN.	A GÊNES.
De Paris { par Salins et Lausanne. .	873	917	1,002
{ par Genève..	942	986	1,071
De Nantes par Genève..	1,406	1,450	1,535
De Bordeaux par Genève.	1,310	1,354	1,439
De Lyon par Genève.	478	522	607
De Genève.	316	360	445
De Bâle.	487	531	616
De Bruxelles par Paris.	1,208	1,252	1,337
— par Luxembourg, Nancy et Bâle.	1,187	1,231	1,316
D'Amsterdam par Coblentz et Bâle.	1,197	1,241	1,326
De Hambourg par Coblentz et Bâle.	1,297	1,341	1,426
De Carlsruhe...	709	753	838

PAR LE SIMPLON.

Pour avoir les distances entre ces mêmes points par le passage du Simplon, il faut ajouter à celles du Saint-Bernard les constantes 138, 46, 80 kilomètres, qui sont les différences entre ces deux directions.

Cette sorte d'état nous offre en faveur du passage par le Grand Saint-Bernard un argument énergique et d'un rapide aperçu qui vient corroborer et appuyer les précédents.

Nous voyons pour toutes les directions par ce côté des diminutions moyennes de 138, 46 et 80 kilomètres, c'est-à-dire économie de temps, d'argent, rapport plus fructueux. Il est probable que toute la masse d'affaires, de transactions et de voyageurs se portera immédiatement, de tous les passages, sur la ligne la plus directe et la plus sûre. En prenant pour base la vitesse moyenne ordinaire de 30 kilomètres à l'heure, ce tracé demande pour être parcouru le même temps seulement de Paris à Milan que de Paris à Marseille.

Quant à la partie du tronçon à établir pour achever la liaison complète entre Aoste et Ivrée, extrémité de ligne la plus proche, son exécution ne fait aucun doute et ne soulève aucune objection, elle est certaine. En 1855 déjà, alors qu'on ne parlait, par le col de Menouve, que d'une route charriable, il était dit dans un opuscule publié à ce sujet : « De là découle natu-
« rellement la pensée et surgit le besoin de s'occuper,
« sans retard, du projet d'un chemin de fer liant Ivrée
« avec Aoste, et qui ne sera que la continuation obligée
« de l'embranchement projeté sur Ivrée depuis la ligne
« de Turin à Novare, soit qu'on dérive cet embranche-
« ment à Santhià, conformément à un désir manifesté
« par quelques organes de la presse, soit qu'on le
« greffe sur un point qui soit situé entre Chivasso et
« Livorno, pour profiter de l'obligation imposée à la

« société Turin-Novare par l'article 61 du cahier des
« charges annexé à la loi de concession du 11 juil-
« let 1852, d en construire elle-même 9 kilomètres. »
L'Italie prouve bien qu'elle comprend trop ces questions et qu'elle s'en préoccupe trop aussi pour ne pas
arriver tout de suite à leur accomplissement, aussitôt
que cela sera utile et que le moment en sera venu.

Une œuvre de la nature de celle que nous venons
d'ébaucher dans ses traits principaux ne peut, à cause
de la grandeur des intérêts qui y sont engagés, de
l'importance des capitaux qu'elle demande, être réa-
lisée que par des forces puissantes : les gouvernements eux-mêmes, les grandes compagnies, ou une
initiative capable par elle-même et fortement consti-
tuée. Car il ne faut pas perdre de vue que, le travail
devant être aussi rapide que les obstacles naturels le
permettront, eu égard à l'urgence qu'il présente, il est
indispensable que la spéculation n'y subisse aucune
entrave, soit forte, libre, maîtresse d'elle-même et
posée sur des bases solides.

Il est croyable, pensons-nous, que cette stabilité, et

même l'abondance, peuvent être facilement atteintes, car, de quelque façon que s'établisse l'entreprise qui accomplira ce grand ouvrage, digne de notre époque et magnifique pendant du percement de l'isthme de Suez, un concours nombreux lui est assuré. L'Allemagne, la Suisse, la France surtout, y sont puissamment intéressées et doivent aide à un travail dont elles profiteront. L'Italie, dans la généreuse ardeur qui la pousse à son développement général, va au-devant de tous les efforts, appuie toutes les idées.

Le parlement, en 1853 et 1857, « décida à deux « reprises que la somme de 10 millions de livres serait « allouée à titre de subvention à la compagnie qui vou- « drait accomplir l'œuvre grandiose de la traversée des « Alpes [1]. » Gênes y ajoutait, dès 1853, 6 millions pour son propre compte, « témoignant ainsi qu'elle compre- « nait les splendides destinées que sa position digne « d'envie réservait à un peuple industrieux et travail- « leur.» Milan, riche aussi, ville d'initiative, intéressée au même titre, doit suivre cet exemple.

Les voies établies qui ont leurs extrémités ou des ramifications situées vers l'origine de notre tracé, et dont les compagnies sont par là le plus avantageusement posées pour s'occuper de ces travaux et le plus engagées sont, en France, la ligne de Lyon à la Méditerranée; en Italie, le chemin Victor-Emmanuel; en

[1] Barman, *Simplon. Saint-Gothard et Lukman er.*

Suisse, les lignes du Central et plus spécialement de l'Ouest suisse. Leurs ressources puissantes, augmentées encore du concours de toutes les parties intéressées, sont parfaitement à même de créer une entreprise sûre, dans les conditions voulues.

L'initiative particulière n'a pas de bornes.

La Compagnie de la ligne d'Italie par la vallée du Rhône, que de récents débats montrent dans une situation à peu près fausse, embarrassée, trouve dans cet embranchement par Martigny, qui atteint tout de suite le but auquel elle voulait arriver au Simplon, une issue qui doit lui faire accueillir ce projet et la disposer à en faciliter l'accomplissement

Quant aux pays parcourus, tous les esprits, sentant une nécessité, un avantage immense pour eux, y sont dans l'attente et dans les plus favorables dispositions. Le pouvoir exécutif du canton du Valais, éclairé sur ses véritables intérêts le secondera et l'appuiera. sans nul doute, de tout son pouvoir; la municipalité active et intelligente d'Aoste, qui depuis si longtemps ne cesse de réclamer ce passage, de le présenter, tel qu'il est en effet, comme le meilleur et le plus vrai, aplanira dans toute la vallée les voies et les obstacles. Elle l'adoptera avec ardeur comme voie d'activité et de développement, garantie sûre de l'éclosion naturelle de ses richesses agricoles et minières.

Mais il est oiseux peut-être de développer cet aperçu plus longuement, les millions intelligents sauront prendre la route qui leur sera la plus avantageuse. En la leur indiquant, l'art a rempli sa mission ; c'est à eux à faire le reste, à mettre à son service leur puissance, sans laquelle il ne peut rien, mais qu'il féconde et multiplie.

FIN

PARIS. — IMP. SIMON RAÇON ET COMP., RUE D'ERFURTH, 1.

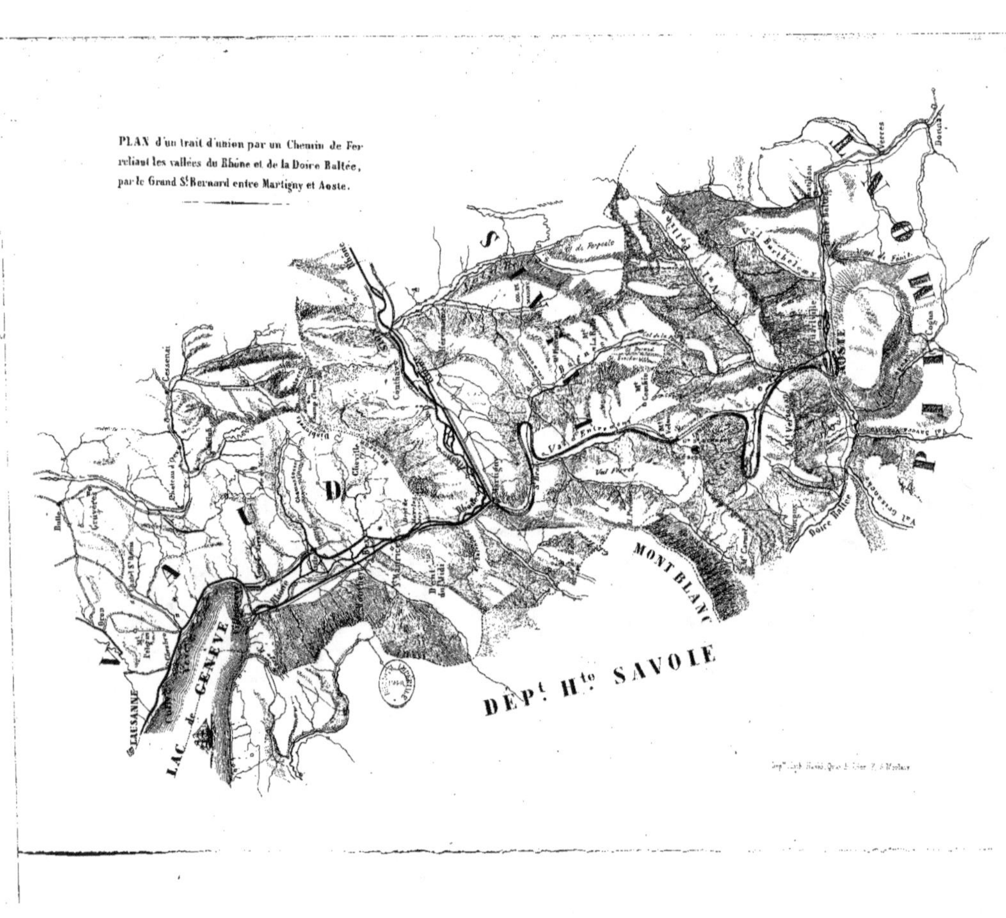

PLAN d'un trait d'union par un Chemin de Fer
reliant les vallées du Rhône et de la Doire Baltée,
par le Grand St Bernard entre Martigny et Aoste.
DÉP.t H.te SAVOIE
MONT BLANC
LAC de GENÈVE
LAUSANNE